이지향
한양대학교에서 영화를, 한국예술종합학교에서
예술경영을 전공했다. 드라마 『탐나는도다』를 비롯해 10여 년간
드라마와 영화 각본을 썼다. 로컬리제이션 회사에서
글로벌 OTT 플랫폼의 트랜스크리에이션 업무를 했다.
현재 장르 전문 스토리 프로덕션 안전가옥에서 수석 스토리
PD로 콘텐츠 기획·개발을 총괄하고 있다.
사람의 마음을 뒤흔드는 이야기의 힘을 믿으며,
내가 좋아하는 이야기가 오랜 생명력을 지니도록
창작자와 시장 사이에서 필요한 일들을 고민하고
실행하는 순간이 가장 짜릿하다.

세계관 만드는 법

세계관 만드는 법

콘텐츠를 더 오래, 깊이 즐기기 위하여

이지향 지음

유유

들어가는 말

'세계관'이라는 신기한 세계

'세계관'世界觀이라는 단어를 들으면, 가장 먼저 무엇이 떠오르나요? 제 경우를 돌아보면 2015년경을 기점으로 떠오르는 의미의 우선순위가 달라졌습니다.

대략 그 전이라면, 세계를 바라보는 하나의 관점, 특정한 견해를 떠올렸을 거예요. 약육강식의 논리로 세상을 바라보는지 아니면 인간의 선의지와 연대가 세상을 구원할 거라 믿는지, 종교적인지 유물론적인지……. 그때만 해도 '세계관'이라고 하면 표준국어대사전의 정의대로 "자연적 세계 및 인간 세계를 이루는 인생의 의의나 가치에 관한 통일적인 견해"를 말하는 거였어요. 그러니까 누군가 '우리는 세계관이 달라서 함께할 수 없어'라고 한다면, 각자 세상을 바라보는 관점이 근본적으로 너무 달라 도저히 합의점을 찾을 수 없다는 뜻이었죠.

이 서문을 쓰려고 몇백 시간 동안 쓸데없이 인터넷 검색을 하며 워밍업(이라 쓰고 회피라 읽는 작업)을 하다가, 더는 도망칠 수 없어 네이버에서 '세계관'을 키워드로 1990년도부터 2015년도까지의 기사를 검색해 봤습니다. 대부분의 기사에서 앞서 말한 것과 같은 사전적 의미로 '세계관'이라는 단어를 쓰고 있었고요. 가물에 콩 나듯 사전적 의미와 다른 뜻의 '세계관'이 간간이 등장하곤 했는데, 그런 경우는 거의 게임 관련 기사에서 찾아볼 수 있었습니다. 예컨대 2002년 『리니지2』를 소개하는 『경향신문』 기사에서 '이 게임의 세계관은 전작 『리니지』에서 그대로 가져온 것'이라고 설명하고 있네요.

해당 기사에서 일컫는 '세계관'이란 당시 기준으로는 게임이나 서브컬처를 즐기는 특정 소비층만이 향유하는 업계 용어에 가까웠습니다. 이 변방의 용어인 '세계관'에 대한 언급이 폭발적으로 증가해 대중의 뇌리에 각인되기 시작한 건 2010년 이후입니다. 마블 유니버스와 마블 시네마틱 유니버스를 지칭하는 마블 '세계관'이 등장한 바로 그 시점부터죠.

그렇게 세월이 흘러 흘러, 지금 당장 아무 검색 포털

사이트나 열고 '세계관'이라는 키워드로 검색하면 어떤 기사가 나올까요? 다음은 제가 뚝딱 찾아본 기사 헤드라인입니다.

- '이터널스', MCU 새로운 세계관 확장··· 경이로운 비주얼+독보적 캐릭터●
- 박신혜 결혼에 '김탄'·'황태경'의 축하라··· "세계관 충돌 현장"●●
- 최강창민 "사실 '광야' 세계관 몰라··· 쉰네로서 따라갈 뿐"●●●
- 소비자에게 감성과 세계관을 펼쳐라, 그럼 지갑이 열릴 것이다●●●●

그렇습니다. 2023년에 '옛날 사람' 소리를 듣지 않

● 『헤럴드팝』 2021.10.21, 접속일 2023.02.24, http://www.heraldpop.com/view.php?ud=202110210844140058151_1&a=99.
●● 『SBS 연예뉴스』 2022.01.24, 접속일 2023.02.24, https://ent.sbs.co.kr/news/article.do?article_id=E10010244134&plink=COPYPASTE&cooper=SBSENTERNEWS.
●●● 『SBS 연예뉴스』 2022.01.17, 접속일 2023.02.24, https://ent.sbs.co.kr/news/article.do?article_id=E10010243726&plink=COPYPASTE&cooper=SBSENTERNEWS.
●●●● 『조선비즈』 2022.01.24, 접속일 2022.02.24, https://biz.chosun.com/distribution/channel/2022/01/24/BNBD6WV2NBHKTAKVK5REEK4NMY/?utm_source=naver&utm_medium=original&utm_campaign=biz.

으려면 '우리는 세계관이 달라서 함께할 수 없어'라는 말에 '넌 에스파 팬이니까 광야에 살아, 난 아미라 나비 따라갈게' 정도는 연상되어야 하는 것입니다.

게임, 무협, SF 등 서사 기반 콘텐츠에서 '세계 설정'을 의미하는 개념으로서의 '세계관'이 언제부터인가 엔터테인먼트 산업을 점령하고 있습니다. 10년 전 태동한 마블 시네마틱 유니버스 세계관도 여전히 위세가 대단하지만, 문화 산업뿐 아니라 대중의 취향과 연계된 소비재를 파는 대부분의 기업이 세계관에 열광하고 있고요. 요즘 웬만큼 쿨하다는 기업의 이름과 '세계관'을 함께 검색해 보시겠어요? 아마 그 기업은 열심히 세계관을 만들거나 활용하고 있을 테고, 다른 필드의 세계관과 컬래버레이션도 하면서 적극적으로 브랜드 마케팅에 힘쓰고 있을 거예요.

서사 예술의 구성 요소를 비즈니스 산업의 브랜딩이나 마케팅 도구로 빌려 오는 것이 아주 새삼스러운 일은 아니에요. 10년 전쯤 유행한 '스토리텔링 마케팅' 열풍도 한 예고요. 그래도 체감상 '세계관'이라는 키워드는 그때보다 지금에 와서 좀 더 실질적이고 실용적인 방법론으로 느껴집니다. 소비자들에게 상품을 새로운 감각으로 리브랜딩하기 위해 '무엇을' 해야 할지를 화두로

던진 단계가 '스토리텔링'이었다면, '세계관'은 이에 대한 실무적인 방책으로서 '어떻게'를 만들어 나가는 단계인 것 같습니다.

저는 현재 '안전가옥'이라는 스토리 프로덕션에서 콘텐츠 기획·개발을 총괄하는 수석 스토리 프로듀서로 일하고 있습니다. 그 전에는 영화 시나리오라든지 드라마 대본 등 영상 스토리를 주로 썼고, 학생들에게 스토리텔링과 서사를 가르치는 일을 하기도 했어요. 글로벌 OTT 플랫폼 마케팅과 관련한 로컬리제이션 업무를 했던 적도 있고요. 영화를 전공한 학창 시절까지 치면 작품을 개발·분석하거나 소개하는 일에 적지 않은 시간을 썼는데요. 그동안 시대별로 어떤 서사 용어가 뜨고 졌는지를 피부로 느끼고 있습니다. '캐릭터' '사건' '갈등' '욕망'은 언제나 시시각각 자주 쓰이는 용어입니다. 그런데 확실히 몇 년 전부터 여기에 '세계관'이 더해졌습니다. 회사 동료들과 콘텐츠를 기획할 때, 작가들과 작품을 개발할 때, 개발 중인 작품을 리뷰할 때, 또 재미있고 의미있다고 생각하는 이야기를 어떻게 세상에 널리 알릴까 고민할 때, 우리는 자주 '세계관'에 대해 이야기해요.

그래서 이 책을 쓴다는 핑계로 세계관에 대해 좀 더 궁리해 보고 싶었습니다. 세계관이 대체 뭐기에 여기저

기서 언급되는 건지, 세계관을 만들고 싶다면 어디서부터 시작해 어떻게 구축해야 하는지, 그렇게 만들어진 세계관을 어떻게 활용해야 하는지에 관해 이야기를 나누고 싶습니다.

본격적인 내용에 들어가기에 앞서 책을 읽는 여러분께 꼭 말씀드리고 싶은 부분이 있어요. 저는 결코 세계관에 정통한 전문가가 아닙니다. 아직 아무도 세계관에 신경 쓰지 않을 때 누구보다 빠르게 그 중요성을 간파한 눈 밝은 사람도 아니고요. 다만 저는 스토리 프로덕션의 프로듀서로서 확장성 있는 이야기를 만드는 데 관심이 많아요. 나에게만 재미있는 걸로 그치는 이야기가 아닌, 보다 많은 사람이 즐거움을 느낄 수 있는 이야기를 만들고 싶고요. 그 일을 잘해 내는 것이 직업적 목표이고, 그러기 위해서는 안팎으로 전략을 잘 세워야 해요. 이야기의 내적인 완결성만이 아니라, 완성된 콘텐츠가 어떻게 하면 가장 큰 파급력을 지닐 수 있을지까지도 기획 단계에서부터 고민해야 하죠. 이런 원대한 목표를 달성하려면 세계관을 생각하지 않을 수 없어요.

이제부터 할 이야기는, 스토리 콘텐츠를 기획하고 만드는 사람으로서 제가 일하며 현재 진행형으로 맞닥뜨리는 고민과 생각을 우선으로 삼아 선별한 것들입니다. 세계관이 왜 필요한지, 어디까지 필요하고 어떤 때는 필요 없는지, 무엇이 좋은 세계관이며, 그 기준이란 게 과연 있을지, 매력적인 세계관을 우리 콘텐츠에도 벤치마킹할 수 있는지……. 결국 이 무수한 고민은 좋은 이야기를 만들고 싶다는 욕망의 또 다른 모습인 듯도 합니다.

세계관에 관해 이미 전문 지식을 갖춘 베테랑 창작자나 업계 종사자는 이 책의 타깃으로 염두에 둔 분들이 아닙니다. '세계관'이라는 말은 들어 봤는데 그게 정확히 뭘 뜻하는 건지 아리송한 분들, 창작 또는 다른 업무 때문에 세계관을 만들어야 하지만 어떻게 시작하면 좋을지 막막한 분들, 콘텐츠 업계에서 실제로 세계관을 어떻게 구축하고 활용하는지 궁금한 분들이 이 책을 읽는다면, 더욱 현장감 있는 이야기를 접할 수 있으리라 기대합니다.

그럼 저와 함께 '세계관'이라는 신기한 세계 속으로 들어가 볼까요?

2023년 7월

이지향

I

세계관이란 무엇인가

{1}
세계관이 뭐길래

짜릿한 괴작의 추억

인생에 남을 명작도 아니고, 따지고 보면 괴작에 가깝지만 이상하게 마음에 남아 문득문득 생각나는 영화나 소설, 이야기가 있죠. 저에게는 1990년대 초반 KBS '토요명화'에서 우연히 본 『하워드 덕』이 그랬습니다.

당시 초등학생이던 제가 늦은 밤 졸린 눈을 비비며 이 영화를 보게 된 건 예고편에 등장한 주인공 하워드의 외형 때문이었습니다. 도널드 덕을 똑 닮은 그 모습에, 디즈니 애니메이션을 좋아했던 저는 '도널드 덕이 나오는 실사영화인가?' 하고 기대하며 영화를 보기 시작했는데요. 결론적으로는 전혀 다른 이야기였습니다. 우선 하워드는 도널드 덕은커녕 디즈니 애니메이션에 나오는 어느 누구와도 비슷한 캐릭터가 아니었어요. 퉁명스럽지만 허술한 매력이 있는 도널드 덕과 달리 하워드는 냉소적이고 능글맞은 성격에 심지어 지구 생물도 아닙니다. 외계인이죠. 하워드는 외계 행성에 있는 자기 집에서 편하게 TV를 보다가 우연히 지구로 내동댕이쳐진 이방인 오리입니다. 영화는 하워드가 지구에 불시착해 처음 만난 로커 여자 주인공 집에 얹혀살면서, 자기 별로 돌아가기 위해 우주 괴물과 싸우고 또 그 와중에 여자 주인공과 묘한 감정이 싹트는 등의 좌충우돌 모험을 그리고 있습니다.

이 영화가 저를 사로잡았던 이유는 어린 저의 상식을 여러모로 뒤집었기 때문입니다. 인간처럼 말하고 행동하는 비인간 동물이 주역인 영상물이라면 애니메이션이나 아동 인형극 형식으로 본 게 다였었거든요(E.T.는 외계인이니 제외하고요). 그런데 실사영화에서 의인화된 오리가 주인공으로 등장해 인간들과 위화감 없이 어울린다니, 그 모습이 매우 신선했습니다. 게다가 의인화된 동물은 흔히 기본적으로 귀여운 포지션을 담당하기 마련인데, 하워드는 냉소적인 유머를 구사하는 안티히어로형 주인공이었죠.

그뿐이 아니었습니다. 영화 속 인간들이 너무나 쉽게 이 '말하는 오리'에 적응하더라고요? 처음엔 놀라긴 하지만 굉장히 빠른 속도로 사정을 납득하고, 오리와 관계를 형성하고, 고향 별에 돌아가려는 오리를 도와주기까지 합니다. 그 와중에 또 다른 별에서 온 외계 괴물도 나타나고 말이죠.

그 후 몇 년 지나 이 영화를 비디오테이프로 빌려 다시 보기까지 했어요. 분명 '전체관람가'인데, TV 방영분에 없던 과감한 장면이 더러 있어서 내심 놀랐던 기억이 납니다. 이미 머리가 좀 컸던 때인지라, 비슷한 무렵에 봤던 『인디아나 존스』나 『백 투 더 퓨처』와 비교하자니 너무 유치한데 또 어떤 면에선 너무 어둡고 어딘지 모르게 울퉁불퉁하다고 생각했지요. 그래도 저는 이상하게 마음이 가더라고요.

그 뒤로 이 영화를 한참 잊고 있다가 다시 떠올리게 된 건 『가디언즈 오브 갤럭시』(2014) 덕분이었습니다. 스타로드가 파워스톤을 거래하러 콜렉터의 전리품 창고에 갔을 때 실루엣으로 등장하다가 쿠키 영상에 얼굴 전체가 드러나는 '말하는 오리', 그게 바로 하워드 덕이었어요. 아니, 형이 왜 거기서 나와?

1990년대 초반엔 인터넷이 뭔지도 몰랐지만, 2014년 저에겐 스마트폰이 있었습니다. 재빠른 검색으로 알아낸 『하워드 덕』에 관한 세 가지 사실. 첫째, 조지 루커스가 제작했다. 둘째, 그해 골든 라즈베리 시상식에서 최악의 특수효과상, 신인상, 각본상, 작품상을 수상하며 비평과 흥행에서 폭망했다. 셋째, 최초의 마블 코믹스 원작 장편영화다.

그제야 여러 의문이 풀렸어요. 왜 그렇게 아동용과 성인용이 뒤섞여 이도 저도 아닌 (나 같은 컬트 팬만 남긴) 결과물이 나왔을까? 결론은 『하워드 덕』의 원작인 마블 코믹스 세계관과 전체관람가로 만들어진 영화의 각색 방향 사이에 충돌이 발생했다는 거였어요. 진화한 오리가 사는 평행우주 '덕 월드'와 냉소적이고 풍자적인 하워드의 이야기가 전체관람가의 모험물로 가면서 방향을 잃고 말았던 거죠. 물론 저는 그와 상관없이 재미있게 봤지만요.

하워드 덕은 그 후 『가디언즈 오브 갤럭시 VOL. 3』와 『어벤져스: 엔드게임』에도 카메오 수준으로 출연했고, 디즈니 플러스 애니메이션 시리즈 『왓 이프…?』에도 잠깐 출연합니다. 앞으로 하워드 덕을 주인공으로 한 작품이 나올 일은 요원해 보이지만, 마블 시네마틱 유니버스에서 이 오리가 또 어떤 모습으로 출연할지 기대가 됩니다.

그런데 이쯤에서 궁금해지는 점이 있습니다. 『하워드 덕』에 나오는 하워드와 『가디언즈 오브 갤럭시』에 나오는 하워드는 과연 같은 하워드일까요? 우선 제 답변은 이렇습니다.

둘은 같기도 하고, 다르기도 하다.

무책임한 말이죠? 그럼 이건 어떤가요.

영화 『하워드 덕』의 하워드와 『가디언즈 오브 갤럭시』의 하워드는 **마블 코믹스 세계관**을 공유하고 있다는 점에서 같은 캐릭터다. 하지만 영화 『하워드 덕』은 **마블 시네마틱 유니버스 세계관**엔 포함되지 않으므로, 『하워드 덕』의 하워드는 『가디언즈 오브 갤럭시』의 하워드와는 다른 캐릭터다.

영화 『하워드 덕』은 동명의 캐릭터가 등장하는 마블 코믹스를 원작으로 합니다. 하워드의 풀네임은 '하워드 더 덕'Howard the Duck으로, 영화 원제와 같고요. 마블 코믹스는 우리가 익히 아는 아이언맨, 스파이더맨, 헐크 등이 주인공인 슈퍼히어로물을 비롯해 그래픽 노블을 출판하는 회사입니다. 슈퍼히어로, 평행우주, 외계인 침공, 우주 전쟁, 인피니티 스톤 등으로 이뤄진 거대한 세계관을 공유하면서 여러 작가가 각각의 스토리를 만드는 곳이죠. 마블 시네마틱 유니버스는 마블 코믹스를 원작으로 마블 스튜디오가 제작하는 슈퍼히어로 프랜차이즈 세계관을 말합니다. 이 세계관을 공유하는 영화들은 마블 코믹스를 원작으로 하되, 코믹스 내용 그대로 스토리가 전개되진 않는다는 특징이 있습니다. 게다가 마블 코믹스를 원작으로 하는 모든 작품이 다 마블 시네마틱 유니버스로 묶이는 것도 아닙니다. 케빈 파이기가 마블 스튜디오 사장으로 취임한 2007년 이후 제작된 『아이언맨』(2008)부터 마블 시네마틱 유니버스 세계관으로 묶여 작품이 나오고 있죠. 그러므로 1986년 유니버설 픽쳐스에서 제작한 『하워드 덕』은 마블 코믹스 원작이지만, 마블 시네마틱 유니버스에 속하진 않는 거죠.

그럴싸한 가상 세계

그러면 '세계관'이 대체 뭐길래요.

서문에서 말했듯, 이 책에서 다루는 '세계관'이란 현실 세계와는 다른 사건·요소로 만들어진 '가상 세계'fictional universe 그리고 이 세계를 구축하는 뼈대인 '세계 설정'worldbuilding을 뜻합니다.

앞서 말한 『하워드 덕』을 예로 들어 볼까요? 흔히 이야기의 3대 요소는 인물, 사건, 배경이라고 하죠. 『하워드 덕』의 주요 '인물', 즉 주인공은 인간처럼 말하고 행동하는 오리입니다. '사건'은 지구에 떨어진 이 오리가 외계 괴물의 공격과 행성 간 이동warp이라는 난관을 헤쳐 고향 별로 돌아가는 것이고요. '배경'은 미국 오하이오주 클리블랜드인데, 오프닝에서 하워드가 사는 행성(덕 월드)이 잠시 실내 장면으로 등장하죠.

잠깐, 그런데 이런 재료를 가지고 말이 되게끔 이야기를 만들려면 몇 가지 풀어야 할 숙제가 있습니다. 기본 요소만 놓고 보면 지금 우리가 사는 세계에서는 도통 불가능한 이야기니까요. 인간처럼 말하고 행동하는 오리는 현실에 존재하지 않잖아요? 외계 생물의 공격과 행성 간 이동은 현대 과학기술로는 실현할 수 없는 영역입니다. 하워드의 고향 별 '덕 월드'의 존재도 설명이 안 되죠.

하지만 그렇다고 해서, 이야기를 만들 수 없는 걸까요? 그렇진 않습니다. 유발 하라리의 저서 『사피엔스』를 보면, '상상'과 '허구'의 세계를 만들어 낸 일이야말로 인간 문명 발달의 첫 단추였다고 하잖아요. 우리는 극적인 상상력을 발휘해, 특별한 인물이 존재하며 특수한 사건이 실현되는 '그럴싸한' 가상 세계를 만들어 낼 수 있습니다. 시공간적 배경과 그 밖에 필요한 규칙들을 설정해 하나의 '세계관'을 만들어 내는 거죠.

그래서 『하워드 덕』엔 '인간형 오리'가 존재할 수 있도록 '덕 월드'라는 행성이 마련되었습니다. 원작인 마블 코믹스에는 평행우주 세계관이 있기에 '덕 월드'는 인간처럼 진화한 오리가 지배하는 지구, 즉 또 다른 평행 세계의 모습을 띱니다. 마블 시네마틱 유니버스 영화 개봉 일정이 세계적인 이벤트가 된 요즘에야 평행우주는 대중에게 어느 정도 친숙한 개념이지요. 하지만 1980년대만 해도 마니악한 설정이었던 건지 영화 버전의 '덕 월드'는 평행 세계가 아닌 그냥 외계 행성으로, 하워드는 외계 생물로 각색되었어요. 어쨌거나 하워드가 외계인이든 인간으로 진화한 오리든, 이 작품에서 물리학적·

생물학적 정합성은 크게 중요하지 않습니다. 그보다는 서사적 '개연성'과 그럴싸한 '상상력'이 훨씬 중요하죠.

세계관은 『하워드 덕』처럼 미래나 우주를 배경으로 하는 이야기에만 필요한 것이 아닙니다. J.R.R. 톨킨은 "땅속 어느 굴에 한 호빗이 살고 있었다"라는 첫 문장으로 유명한 『호빗』에서부터 『반지의 제왕』까지 이어지는 장대한 중간계 세계관을 창조해 판타지 소설의 역사를 새로 썼고요. 무협 작가들 역시 역사적 사실과 판타지를 섞어 이야기를 만들기 위해 시대, 문파, 무공, 초식 등의 설정을 결합해 세계관을 만들곤 하죠. 그 밖에도 여러 서사 콘텐츠에서 필요에 따라 세계관을 끊임없이 생성해 내고 있습니다. 그리고 이 세계관은 이제 픽션에만 사용되는 것이 아닙니다.

세계관은 어디에나 있다

전통적인 서사 콘텐츠에 '세계관'이 존재하는 까닭은 더 새롭고 재미있는 이야기를 만들기 위함입니다. 세계관을 통해 시공간을 세팅하고, 캐릭터를 짜고, 이야기 주요 요소에 개연성을 부여하려는 것이죠. 그런데 언뜻 서사 콘텐츠와 별 상관이 없어 보이는 비즈니스 영역에서도 세계관의 중요성이 점점 두드러지고 있습니다.

스토리텔링은 이미 비즈니스에 없어선 안 될 마케팅 전략 가운데 하나입니다. 인지심리학자 제롬 브루너에 따르면, 사람이 스토리를 통해 정보를 접하면 그렇지 않을 때보다 스물두 배나 정보를 더 잘 기억한다고 합니다.● 이 주제가 나올 때마다 대표 사례로 등장하는 인물이 있지요. 애플 창립자이자 픽사 최대주주였던 스티브 잡스는 이제 그 자신이 뛰어난 스토리텔러였다는 것 자체가 스토리텔링의 소재가 되어(영화로도 나왔죠), 세상을 떠난 지 시간이 꽤 흐른 지금까지도 그가 몸담았던 회사 브랜딩에 큰 영향을 미치고 있습니다.

스토리로 상품 정보를 전달하고 강조하는 것, 그래서 수많은 경쟁 상품을 제치고 소비자들의 뇌리를 선점하여 기억되는 것은 매우 중요합니다. 그런데 여기서 더 고민해 볼 점이 있습니다. 누군가 좋은 스토리텔링으로 어떤 상품을 멋지게 소개했다고 칩시다. 그래서 제품을 소비자에게 강렬하게 각인시켰어요. 하지만 사람의 기억력에는 한계가 있습니다. 완결된 하나의 이야기가 소비되는 데는 유효기간이 있죠. 저는 어린 시절 책과 영화를 꽤 많이 봤습니다만, 디테일한 내용을 잊어버린 경우도 많고 분명 감명 깊게 본 작품인데도 줄거리마저 까

● 매튜 룬, 『픽사 스토리텔링』, 박여진 옮김, 현대지성 2022, 32쪽.

맞게 잊은 경우가 종종 있습니다. 시간이 지나서 흥미가 떨어지기도 하고, 새로운 정보가 원래 있던 정보를 밀어내기도 할 테니까요. 어떻게 해야 고객이 잊거나 발길을 끊지 않고 이야기 또는 상품을 계속 찾을 수 있을까? 이때 세계관이 필요하다는 사실을 비즈니스 업계는 간파한 것입니다.

아이돌 산업은 세계관을 적극 활용하는 대표적인 비즈니스 분야입니다. SM엔터테인먼트는 아이돌 그룹 엑소EXO로 아이돌 세계관의 첫 실험을 시작했고요.

TV에서 엑소를 처음 본 날을 기억합니다. 엑소가 데뷔한 2012년 당시 저는 SM에서 새로운 남자 아이돌 그룹을 만들었다는 사실 정도만 알고 있는 상태였어요. 그러다 어느 음악 방송에서 엑소가 자기소개를 하는 장면을 우연히 보게 됐습니다. 한 멤버가 '우리는 엑소 플래닛이라는 미지의 행성에서 왔다'며 저마다 물을 다루고, 바람을 쏘고, 순간이동 같은 초능력을 쓸 줄 안다고 얘기했을 때 제 귀를 의심했습니다. 그 말을 하는 당사자조차 동공이 흔들리는 걸 분명히 제가 봤다고요. 그저 어리둥절했죠.

일개 머글인 제가 어찌 알았겠어요. 그게 바로 본격적인 SM 세계관의 탄생이었다는 걸. 엑소 초기 세계관은 데뷔곡 「MAMA」(마마) 뮤직비디오에서 내레이션으로 설명됩니다.

> 하늘과 땅이 하나였을 때 전설은 열두 개의 힘으로 생명의 나무를 돌보았다.
> 붉은 기운의 눈이 악을 만들고, 생명의 나무 심장을 탐해 나무의 심장이 말라 갔다. 전설이 나무의 심장을 보듬어 살펴 나무를 둘로 나누어 숨기나니 시간은 뒤집어지고 공간은 어긋난다.
> 열두 개의 힘은 반으로 나뉘고, 꼭 닮은 두 개의 태양을 만든다. 꼭 닮은 두 개의 세상으로 전설은 나누어 움직인다. 전설들은 같은 하늘을 보지만 다른 땅을 밟을 것이고, 같은 땅을 밟지만 다른 하늘을 볼 것이다.
> (……)
> 붉은 기운을 완전히 정화시켜 열두 개의 힘이 하나의 뿌리로 완벽한 하나가 되는 날, 새로운 세계가 열리리라.

엑소 멤버들이 상징하는 열두 개의 힘, 두 개의 평행 세계에서 일종의 쌍둥이처럼 나뉜 엑소-엠EXO-M과 엑소-케이EXO-K, 기억을 잃은 지구에서는 각성하지 못하는 초능력, 언젠가 빌런을 무찌르고 하나가 되어야 하는 사명. 이것이 엑소 세계관의 기본이 되는 거죠.

SM의 이른바 1세대 아이돌인 H.O.T.와 2세대 아이돌인 동방신기도 특정 캐릭터라든지 고유 컬러를 부여받긴 했으나, 판타지와 슈퍼히어로물의 설정을 차용해 본격적인 세계관을 만든 것은 3세대 아이돌인 엑소가 처음이었습니다. 그리고 이 세계관은 일개 머글인 제 예상과는 다르게 팬들의 구심점이 되었습니다.

왜일까요? 음악성과 퍼포먼스, 개별 멤버의 매력을 차치하고 세계관의 효과에 대해서만 생각해 보도록 하죠. 이건 향후 이어지는 NCT, 에스파 등 SM 아이돌만이 아니라 BTS를 비롯해 세계관을 활용하는 다른 소속사 아이돌의 경우에도 크게 보면 마찬가지일 텐데요.

첫째로 아이돌 세계관은 기본적으로 단서들을 뿌려 놓되, 쉽게 답을 주지 않는 미스터리 구조이기 때문입니다. 인간의 뇌는 전혀 상관이 없는 개별 요소들도 서로 연결시키고, 요소 간 인과관계를 찾으려는 특성이 있습니다. 의미를 탐색하는 건 생존을 위해 우리 뇌가 수행하는 가장 기본적인 기능입니다.● 하물며 사랑하는 대상에 관한 단서라면 어떨까요. 팬들은 자신이 사랑하는 아이돌을 둘러싸고 불친절하게 던져진 단서를 해석하기 위해 그 음악을 비롯한 파생 콘텐츠를 열심히 반

● 앨리슨 고프닉·앤드류 N. 멜초프·패트리샤 K. 쿨, 『아기들은 어떻게 배울까?』, 곽금주 옮김, 동녘사이언스 2008.

복 체험합니다. 그러고는 이야기를 나누죠. 다른 팬들과, 혹은 앞으로 팬이 될 사람들과 대화하고, 기록을 남기고, 애정을 다지면서 서로서로 더욱더 긴밀하게 연결됩니다. 팬덤이란 이런 과정을 거쳐 탄생하는 거예요. 그리고 이제 이 팬들은 개별 연예인의 팬일 뿐만 아니라 특정 세계관을 공유하는 특별한 커뮤니티의 일원이기도 합니다. 그러면서 떡밥은 계속 생성되고, 또 그에 대한 해석이 나오고…… 기존 세계관을 토대로 또 다른 이야기가 만들어질 수도 있고요. 앞서 말한 것처럼 잊힐 틈이 없는 거죠.

둘째로 일상에서 벗어난 이런 새로운 세계관은 결국 뇌리에 깊게 남기 때문입니다. 저는 특별히 엑소의 팬이 아닙니다. 엑소만이 아니라 어떤 아이돌도 덕질이라 할 만큼 깊이 좋아해 본 적이 없어요. 그런 제가 2012년 어느 방송에서 각자의 초능력을 소개하며 눈빛이 흔들리던 멤버의 모습을 왜 기억하고 있을까요? 그건 바로 아이돌에게 초능력을 부여한다는 사실 자체가 기묘하면서도 새롭게 다가왔기 때문입니다. 외계 행성에서 초능력을 가지고 지구로 왔다는 간단한 내용이긴 했지만, 이 설정은 사람들로 하여금 '왜 왔는데?' '지금은 뭐 하고 있는데?' '그다음엔 어떻게 되는데?' 하는 식으로 다음 이야기를 상상할 수 있게 했어요. 그러니 소비자들 사이에서 두고두고 회자되는 이야기로 저변을 확장하고픈 기업들은 세계관에 몰두할 수밖에요.

제페토, 로블록스 등 '메타버스'로 일컬어지는 가상공간 플랫폼이 등장하면서 소비자들은 직접 새로운 세계에 뛰어들어 그 세계관의 일부가 되기도 합니다. 메타버스 가상공간에서는 아바타로 새로운 인격이 부여되는 세계관에 현실의 오브젝트가 더해집니다. 2022년 10월 기준 가입자 수 3억 4000만 명을 넘긴 제페토에는 구찌, 디올 등 글로벌 명품부터 어그, 교복까지 다양한 브랜드가 입점했고, 삼성전자, 현대자동차, 스타벅스 코리아 등 국내 굴지 기업도 자리 잡았죠. CU(씨유)는 제페토의 인기 스폿인 한강공원 맵에 CU 제페토한강공원점을 열었습니다. 플랫폼 사용자들은 자신의 아바타를 이용해 각 브랜드를 직접 체험하고 쇼핑할 수 있습니다.

한편 온라인 게임과 게임 유저, 그리고 실재하는 뮤지션이 결합하는 경우도 있습니다. 코로나19로 공연 시장이 얼어붙었던 2020년, 힙합 뮤지션 트래비스 스콧은 『포트나이트』 게임 내에서 가상 콘서트를 개최했는데요. 세계 각지의 『포트나이트』 게임 유저들이 정해진 시간 동안 게임에 접속하면 3D 모델링으로 구현된 트래비스 스콧의 공연 모습을 볼 수 있는 이벤트였죠. 당시 이 라이브는 라이브 매출 2000만 달러를 기록했는데, 해당 가수가 2019년 진행한 오프라인 투어 '애스트로월드'의 수익이 170만 달러였음을 감안하면 엄청난 성과였습니다.● 『포트나이트』는 유저들이 직접 게임 환경을 만들 수 있는, 유저 관여도가 매우 높은 게임입니다(유저가 각 캐릭터에게 유행하는 춤을 추게 할 수도 있죠). 요컨대 이 사례는 자체 커뮤니티와 캐릭터 설정으로 유저가 깊이 몰입할 수 있는 세계관을 마련해 놓은 상태에서, 대형 뮤지션들의 공연으로 세계관을 더욱 확장하는 데 성공한 사례라고 볼 수 있겠네요.

비즈니스 업계에서 '세계관'의 유행은 어느 날 갑자기 형성된 것이 아닙니다. 서사 콘텐츠 세계관에 보여준 팬들의 열광과 충성도는 ('스토리텔링'이 그랬듯) 여타 산업에서도 주효할 것으로 예측된 바 있습니다. 그리고 지금은 비즈니스 마케팅과 브랜딩 용도로 만들어진 세계관이 서사 콘텐츠 창작에 영감을 주기도 하고요. 콘텐츠 업계를 비롯해 대중의 취향을 사로잡길 열망하는 회사라면 모두 공감할 겁니다. 세계관이야말로 지금 시장의 가장 뜨거운 키워드라는 사실에 말이죠.

● 「트래비스 스콧, 포트나이트 콘서트로 오프라인 공연 매출의 '10배' 기록, 『인벤』 2020.12.08, 접속일 2022.04.30, https://www.inven.co.kr/webzine/news/?news=248328&site=console.

{ 2 }

세계관은 왜 필요할까

장르 팬을 사로잡는 도구

제가 일하는 스토리 프로덕션 '안전가옥'은 창작자와 PD가 기획부터 완성까지 협업하여, 텍스트를 넘어 다양한 매체로 확장할 수 있는 이야기를 만드는 곳입니다. 그렇다 보니 영상, 웹툰 등 서사 콘텐츠를 제작하거나 배급·투자하는 회사와 만나 우리가 만든 이야기를 소개하고, 상대방이 찾고 있는 이야기에 관해 대화를 나눌 때가 많습니다. 간략한 근황 토크를 마친 다음 본론에 들어갈 때는 보통 이렇게 시작하죠. "어떤 장르 찾으세요?" "그 이야긴 장르가 뭐예요?" "SF (등의 특정 장르)

있어요?"

양쪽 회사가 작품을 소개하거나 물색할 때, 일반적으로 가장 먼저 확인하는 것은 콘텐츠의 '장르'입니다. 그게 가장 효율적인 의사소통 방법이기 때문이죠.

> 범죄 사건이 벌어지고 그걸 추리하는 이야기인데, 좀 밝은 분위기였으면 좋겠어요. 사람이 죽는 거까진 좀 그렇고…… 만약 살인 사건이 나온다고 하더라도 너무 잔인한 장면이나 충격적인 묘사는 없었으면 좋겠고요. 주인공은 형사처럼 원래 수사를 전문으로 하는 사람이 아니라 추리에 밝은 일반인이 좋겠네요. 어쨌든, 보면서도 보고 나서도 기분이 너무 우울해지지 않게끔 희망적으로 끝나는 이야기라면 좋겠습니다.

만약 누군가 이렇게 구구절절 설명해 가며 이야기를 찾는다면 서론이 너무 길어지겠죠. 이러저러한 속성을 가진 이야기가 세상에 하나뿐이라면야 그 모든 디테일을 일일이 말하는 게 맞겠으나, 보통 '와, 그것 참 재미있겠다!' 하는 생각을 나도 하고 저 사람도 하는 이야기란 대체로 수많은 사람 역시 그렇게 생각할 가능성이 높은 이야기랍니다. 그래서 이야기의 속성을 모아 카테고리로 만든 '장르' 개념으로 질문을 간결히 할 수 있는 것입니다. 이런 식으로요.

코지 미스터리 있나요?

독자로서도 마찬가지입니다. 세상엔 너무나 많은 이야기가 있고, 그것을 즐길 수 있는 시간은 한정적입니다. 취향은 무한하지 않고요. 물론 두루두루 다양한 장르의 이야기를 좋아하는 독자들도 있겠으나(저도 그렇답니다), 그중에서도 구미가 더 당기는 종류의 이야기와 관심이 좀 덜 가는 이야기는 있기 마련이죠.

장르는 소비자들이 이야기를 선택하고 즐기는 데 경제적인 가이드라인이 되어 줍니다. 뱀파이어물을 예로 들어 볼까요? 호러의 하위 장르인 뱀파이어물엔 피를 먹어야 살 수 있는 '언데드'undead 흡혈귀가 나옵니다. 흡혈귀에게 피를 빨린 사람 역시 흡혈귀가 되고요. 이것이 뱀파이어 장르의 대전제입니다. 그래서 뱀파이어물을 찾아보려는 사람들에겐 최소한 이런 기본 전제가 첫 번째 관문이 되어 주는 거죠. 이 전제에 거부감이 있는 사람이라면 장르를 확인함으로써, 원치 않는 이야기를 거를 수 있고요. 날카로운 송곳니를 사람 목에 박아 넣고 피를 빠는 흡혈 행위, 흡혈귀에게 처참하게 희생되는 가련한 사람들, 흡혈귀가 질색하는 마늘과 십자가, 흡혈귀의 숨통을 끊는 탄환과 심장에 박히는 말뚝……. 이런 장면이 수없이 많은 뱀파이어물에서 반복된다 하더라도 그걸 표절이라거나 진부하다고 생각하는 이는 없습니다. 이건 장르물의 기본적인 클리셰(영화나 드라마 속 특정 상황에서 쓰이는 전형적인 표현)와 컨벤션(특정 장르에 반복적으로 나타나는 관습적인 장면)이니까요.

세계관은 여기에 이야기의 내적인 세부 규칙을 더해 독자와 관객이 더 쉽게 작품에 빠져들 수 있도록 돕습니다. 규칙이 많으면 오히려 이야기에 몰입하기 어렵지 않겠느냐고요? 세계관을 만들려면 스토리를 구성하는 인물, 사건, 배경과 밀접하게 연관된 규칙을 설정해야 합니다. 즉 사건이 일어나는 판을 더 꼼꼼하게 깔아놓는 작업이라 해야 할까요.

저는 어릴 때 두 살 터울의 오빠와 자주 인형 놀이를 했는데요. 메인 히어로는 곰돌이(인형), 메인 빌런은 E.T.(인형)였어요. 나머지 자잘한 인형들은 그때그때 적당히 두 편으로 나눠 나라를 만들었고요. 왜 E.T.가 빌런이었느냐면 그때까지 저와 오빠는 영화 『E.T.』를 본 적이 없어서, E.T. 외모만으론 그렇게 사랑스러운 캐릭터인 줄 몰랐거든요. 여하튼 그때 메인 스토리는 곰돌이 나라에 E.T. 군대가 쳐들어와 서로 싸우다가 곰돌이가 승리하는 내용이었습니다. 처음엔 그렇게 간단하게 시작했는데, 이 놀이를 매일같이 반복하다 보니 아무래도 지루했나 봐요. 그래서 곰돌이 나라와 E.T. 나라의 기본 설정을 짜기 시작했어요. 각 나라 분위기는 어떻고, 통치 스타일은 어떻고, 군사력이나 과학기술은 어느 정도로 차이가 나고, 곰돌이와 E.T.의 주특기는 뭐고 등등. 가상의 나라지만 그 모습을 좀 더 구체적으로 상상할 수 있게 되자, 저와 오빠는 그 안에서 한층 창의적으로 이야기를 만들고 몰입할 수 있었답니다.

이처럼 세계관을 짠다는 것은 한편으로 제약을 만드는 일이지만, 바꿔 말하면 가능성의 범위를 넓히는 일이기도 해요. 이 과정에서 때로는 장르의 규칙으로 의심없이 수용되던 고전적인 클리셰나 컨벤션이 부서지기도 합니다.

2021년 안전가옥에서 출간한 천선란 작가의 근사한 뱀파이어 로맨스 『밤에 찾아오는 구원자』는 많은 독자의 사랑을 받은 작품입니다. 이 작품은 2021년 부산국

제영화제 E-IP 마켓 피칭 참가작이기도 했어요. E-IP 마켓은 이 영화제에서 해마다 열리는 IP(지식재산권) 판권 비즈니스 행사로, 행사 기간 동안 IP 피칭과 더불어 원작의 영상화를 원하는 판권자와 구매자 사이 거래가 활발하게 일어나죠.

여기서 저는 안전가옥 IP의 영상화 판권 구매를 희망하는 다양한 파트너들을 만날 수 있었는데요. 그분들에게 『밤에 찾아오는 구원자』에 관해 설명할 때 '장르'와 더불어 정말 많이 했던 이야기가 '이 작품은 고유의 세계관이 이미 충실히 마련돼 있다'는 것이었습니다. 파트너들도 서정적인 뱀파이어물이라는 작품의 무드와 고유한 세계관이 관객을 끌어들일 만한 포인트라고 평가했고요. 결국 여기서 만난 파트너사 한 곳과 영상화 판권 계약을 맺어 이 작품은 현재 드라마로 제작될 준비를 하고 있습니다.

『밤에 찾아오는 구원자』는 사랑하는 사람을 뱀파이어에게 잃은 형사 수연과 뱀파이어를 사랑했으나 헌터로 거듭난 완다 그리고 외로움을 견디다 못해 뱀파이어에게 이용당하는 난주, 이렇게 세 인물의 이야기를 그립니다. 소설 속 세계관의 무대는 뱀파이어와 인간이 공존하는 세상입니다. 이곳에서 대부분의 사람들은 뱀파이어가 존재한다는 사실을 모릅니다. 그리고 인간들이 뱀파이어를 소탕하지 않는다는 조건으로 뱀파이어들도 인간을 직접 물어 흡혈하는 행위를 자제하고 있지요. 하지만 세상사 많은 일이 그렇듯 뱀파이어들 가운데 이 규약을 어기는 이들이 생겨나고, 이제 그들을 처단하기 위해 뱀파이어 헌터가 나섭니다. 정부는 아직 이 뱀파이어 헌터 기관의 존재를 모르고 있습니다. 또 아무리 헌터라고 해도 심증만으로는 뱀파이어를 죽일 수 없고, 뱀파이어가 인간을 공격하는 상황을 정확히 목격해야 처단할 수 있습니다. 이 세계관에서 뱀파이어들은 햇빛을 싫어하지만(전통적인 설정), 마늘엔 전혀 반응하지 않으며 심지어 붉은 십자가는 그들의 상징이기도 합니다. 뱀파이어들 간에 서로 남의 구역을 침범하는 건 금기시되고요.

원고를 쓸 당시 천선란 작가는 뱀파이어와 인간 사이의 협약서까지 실제로 작성해 세계관을 설정했습니다. 퇴고 단계에서 협약서 자체는 빠졌으나, 그 내용은 작품 내 세계관의 근간을 이루고 있죠. 주인공인 형사와 뱀파이어 헌터는 이 세계관 속에서 갈등하고 충돌합니다. 분명 뱀파이어가 살인을 저지르고 다닌다는 걸 알고 있는데, 내 눈앞에선 아직 살인을 저지르지 않았으니 죽일 수가 없거든요. 이런 세계관 덕분에 가능성(뱀파이어 헌터와 형사의 공조 수사)과 제약(뱀파이어가 눈앞에 있어도 죽일 수 없음)이 생기는 거죠.

어떤 세계관에서는 뱀파이어의 힘을 슈퍼히어로적인 능력으로 활용하기도 하고(『블레이드』), 뱀파이어라는 종족에 존재론적인 질문을 던지며 새로운 뱀파이어 장르의 전형을 개척하기도 하고('뱀파이어 연대기' 시리즈), 인간의 피를 탐하는 병에 걸린 소수자로서 뱀파이어를 바라보기도 합니다(『V-워』).

이렇듯 같은 장르라고 해도 시대에 따라, 작가의 관점에 따라 얼마든지 다양한 세계관이 형성될 수 있습니다. 우리가 특정 작품에 빠져들어 그 이야기를 사랑하게 되는 건 작품이 가진 고유한 세계관 덕분이 아닐까 싶어요.

잘 만든 콘텐츠를 확장하는 방법

어떤 이야기와 헤어지기 너무 아쉬워서 다음 편을 오매불망 기다렸던 적이 있나요? 저는 초등학교 때 추석 특선 영화로 방영된 『바람과 함께 사라지다』를 보고 완전히 그 이야기에 사로잡혔습니다. 미국 남북전쟁 당시 사람들의 생활상을 그린 픽션을 영상으로 보는 건 그때가 처음이었는데, 워낙 생생하게 구현된 비주얼에 압도당한 데다 이기적이면서도 매력 넘치는 한 쌍인 스칼렛과 레트에게 푹 빠지고 말았던 거죠. 무려 세로쓰기로 된 세 권짜리 원작 소설이 마침 집에 있어, 몇 달에 걸쳐 완독하기도 했고요. 그 나이에 읽기엔 꽤 길고 이해할 수 없는 내용도 많은 책이었지만, 그래도 영화 내용을 다시 생각하고 곱씹을 수 있어 좋았습니다. 하지만 책을 다 읽고 나서도 성에 차지 않았어요. 그 긴 분량의 책 마지막 대목에서도 스칼렛과 레트는 헤어진 상태였기 때문입니다. 작가 마거릿 미첼은 이 책 하나만 출판하고 작고했기 때문에 속편이 나올 수도 없었고요.

그런데 그 일이 실제로 일어났습니다……? 『바람과 함께 사라지다』의 속편인 『스칼렛』이 나온 거예요. 『스칼렛』은 알렉산드라 리플리가 마거릿 미첼 재단으로부터 공식적으로 권한을 위임받아 쓴 패스티시 소설입니다. 원작의 설정을 가져와 후속 편을 쓴 것이죠. 저는 이 책이 한국에 들어왔을 때 바로 사 보았는데요. 결국 스칼렛과 레트가 맺어진다는 점에서 저의 바람은 어느 정도 충족이 되었으나, 그 점 말고는 썩 흡족하지 않았어요. 원작 캐릭터의 붕괴 등 몇 가지 이유가 있을 텐데, 아무래도 본래 후속 편을 염두에 둔 작품이 아니기도 했고 작가도 변경된 상황에서 원작 팬의 마음을 충분히 채워 준다는 것 자체가 어려운 도전이었는지도 모르겠습니다.

독자와 관객은 새로운 이야기를 발견하는 것도 좋아하지만, 그에 못지않게 혹은 그 이상으로 자신이 아는 이야기를 곱씹는 것을 좋아합니다. 좋아하는 이야기가 끝나지 않고 계속 이어지기를 원하지요. 어릴 때 J.K. 롤링의 '해리 포터' 시리즈를 접한 아이들이 성인이 된 지금까지도 원작 소설과 영화를 비롯해, 같은 세계관을 공유하는 『신비한 동물 사전』 『퀴디치의 역사』 등 스핀오프 작품을 꾸준히 즐기고 있으니까요. 2023년 2월에 게임 『호그와트 레거시』가 출시되자, 꼬꼬마 때부터 해리 포터를 보다 이제 어른이 된 제 지인들은 퇴근 후 호그와트로 가겠다며 기꺼이 게임을 질렀습니다. 출시 2주 만에 1200만 장이 판매되며 8억 5천 달러의 수익을 올린 데에는 이런 충성도 높은 팬들의 사랑이 계속 이어져 왔기 때문일 것입니다.

장편소설 한 권, 장편영화 한 편 분량으로 이야기를 완결하는 것이 최종 목표라면 세계관의 중요성이 그렇게까지 크진 않습니다. 오히려 정해진 한 편 안에서 독자와 관객을 끌어들일 수 있는 매력적인 캐릭터나 주요 사건을 설정하고, 앞부분에 뿌려 놓은 떡밥을 잘 수거해 개연성 있게 이야기를 마무리 짓는 전략이 더 중요할 수도 있습니다.

세계관이 더욱 중요해지는 순간은 원천 스토리를 중심으로 이야기를 확장시키고 싶을 때입니다. 안전가옥 앤솔로지 『대스타』에 수록된 이경희 작가의 「x Cred/t」(카이 크레디트)는 안전가옥 공모전에서 당선된 단편소설입니다. 복제본만 100명인 소셜 미디어 스타 '카이 크레디트'의 사망 사건을 검사와 민간조사사가 파헤치는 내용인데요. 카이 크레디트는 생명공학 회사가 100명의 유전자 샘플을 채취해 만든 합성 인간으로, 많은 영상 콘텐츠를 생산하기 위해 복제되어 총 101명의 카이가 활동하고 있다는 설정입니다. 소설에서는 유전자를 제공한 사람 100명과 대리모 한 명이 서바이벌 프로그램 『페어런트 101』을 통해 카이 크레디트의 친권을 두고 경쟁하던 도중, 쇼의 최종회를 앞두고 33번 카이와 67번 카이가 서로를 죽이는 사건이 발생합니다. 결국 검사와 민간조사사가 이 사건을 둘러싼 씁쓸한 비밀을 발견하고 사건을 해결하면서 이야기가 끝이 나고요.

이 작품이 처음 나왔을 무렵, 저희는 어딘가에서 이

작품을 소개할 일이 있을 때마다 방금 말한 뾰족한 설정과 사건, 또 사건의 전말에 관해 얘기했습니다. 그러다 이경희 작가와 이 작품의 세계관을 공유하는, 장편소설 여섯 편 분량의 '샌드박스' 시리즈를 기획·개발하게 되었죠. 이 시리즈는 제가 정말 좋아하는 이경희 작가의 첫 장편소설 『테세우스의 배』와 일부 세계관을 공유하는 시리즈이기도 하답니다. '샌드박스'란 「x Cred/t」의 배경인 평택 특별자치시의 별칭입니다. 근미래 주한 미군 절반이 빠져나간 캠프 험프리스에 기술규제 면제특구가 설정된 것을 시작으로 평택은 대한민국 부의 절반을 빨아들이고, 25년 만에 서울을 능가하는 대도시가 됩니다. '샌드박스' 시리즈 세계관의 바탕을 이루는 건 법적 조례나 자치 원칙까지 정교하게 설계된 평택이라는 도시 자체입니다. 민간조사사라는 직업도 이 세계관 안에 존재하는 직업이고요. 시리즈 첫 책 『모래도시 속 인형들』에는 세계관을 구성하는 용어 설명 코너가 별도로 마련돼 있습니다.

세계관은 작가가 창작하는 이야기의 근간이 됩니다. 작품 안에 모두 드러나진 않는다 해도, 빙산의 아랫부분처럼 단단하게 작품을 받쳐 주는 역할을 하는 거죠. 그래서 기존 작품을 확장한다든지 큰 스케일의 시리즈를 기획할 경우 세계관 설계는 필수 불가결합니다.

지금 시점에서 볼 때, 시리즈로 이어지는 가장 유명한 세계관은 아무래도 '마블 시네마틱 유니버스'겠죠. 마블 시네마틱 유니버스는 마블 코믹스를 기반으로 오랫동안 다져 놓은 세계관을 활용해 서른두 편의 영화와 일곱 편의 드라마, 두 편의 애니메이션 시리즈를 내놓았습니다.● 마블 시네마틱 유니버스 프랜차이즈의 캐릭터들을 보면, 대부분 영화 한 편에 그치지 않고 시리즈로 그 활약이 이어집니다. 인물의 성격과 역할이 이미 어느 정도 구축되어 있기 때문에 작가나 감독, 심지어 배우가 바뀐다 해도 우리가 알고 있는 캐릭터엔 변화가 없습니다. 어느 한 캐릭터를 주인공으로 하는 작품이 또 다른 캐릭터가 주인공인 작품의 서사와 느슨하게 연결되어 있는 경우도 많고, 이런 개별 캐릭터가 한데 모여 한 편의 영화를 구성하기도 합니다('어벤져스' 시리즈). 그리하여 다시금 이때 구축된 캐릭터로 새로운 단독 작품이 나오면서, 인기 캐릭터들이 가급적 오래도록 이야기를 지속할 수 있는 발판이 마련되는 거죠. 이야기도 함께 확장되고요. 각 캐릭터의 스핀오프는 장르적으로 더 다양한 실험을 할 기회이자, 전체 세계관에 필요한 부분을 집중적으로 설명할 기회로 활용되기도 합니다.

● 2023년 5월 기준.

세계관 확장은 비단 픽션에서만 일어나는 일은 아닌데요. 엔터테인먼트 산업에서 콘텐츠의 지속과 확장을 위해 세계관을 활용하는 사례가 점점 더 늘어나고 있기 때문입니다. 케이팝 아이돌 산업에서 발 빠르게 먼저 시작하긴 했지만, 요즘은 예능 프로그램에서도 세계관을 적극적으로 활용하고 있죠. 가장 대표적인 예로 김태호 PD가 이끌던 '유재석 유니버스'를 들 수 있지 않을까 싶습니다. 『무한도전』 시절부터 「무한상사」 같은 설정극으로 고정된 캐릭터를 연기했던 유재석은 『무한도전』 종영 이후 김태호 PD와 함께한 『놀면 뭐하니?』에서 보다 본격적으로 '부캐'(부캐릭터)를 내세워 다양한 시도를 선보였는데요. 『놀면 뭐하니?』의 프로젝트들은 유산슬, 지미 유, 유 본부장 등 유재석의 캐릭터를 바꿔 가며 신인 트로트 가수의 도전으로, 군소 제작사의 음반 제작으로, 무한상사와 세계관을 공유하는 JMT 회사의 인재 발굴로 그 세계관을 확장하고 있습니다.

김태호 PD가 '유재석'이라는 캐릭터를 적극적으로 활용하여 캐릭터 중심 세계관을 만들었다면, CJ ENM의 『대탈출』이나 티빙의 『여고추리반』처럼 해결해야 할 사건을 먼저 정교하게 짜 놓은 다음 거기에 인물을 던져 넣는 방식도 있습니다. 지상파, 케이블 TV, 웹 예능

할 것 없이 '세계관'이 있다는 것은 이제 세계관이 어떤 작품의 마케팅 포인트가 될 정도이며, 콘텐츠 소비자들에겐 세계관 자체가 셀링 포인트 역할을 톡톡히 하고 있다는 뜻이겠지요.

{ 3 }
세계관을 잘 활용한 콘텐츠

콘텐츠를 만드는 이들은 언제나 전략을 고민합니다. 사람들이 새로운 세계에 빠르게 스며들 수 있도록, 또 그렇게 찾아온 귀한 사람들이 오래오래 흥미를 유지한 채 그 세계에 머무를 수 있도록 말이지요. 이 장에서는 세계관을 적절히 활용해 그런 고민을 돌파해 나가고 있는 대표적인 콘텐츠를 소개하려고 합니다.

가장 성공한 프랜차이즈 영화 세계관
—마블 시네마틱 유니버스

그렇습니다. 21세기 영화 산업을 논할 때 빠질 수 없는 콘텐츠는 마블 시네마틱 유니버스(이하 MCU)입니다. 2023년 3월 기준으로 글로벌 흥행 10위 안에 MCU 영화가 네 편이나 올라와 있어요. 『어벤져스: 엔드게임』(2019)이 28억 달러, 『어벤져스: 인피니티 워』(2018)가 20억 달러, 『스파이더맨: 노 웨이 홈』(2021)과 『어벤져스』(2012)가 각각 19억, 15억 달러의 매출을 기록했고요. 미국 내로 한정하면 『어벤져스』는 11위로 밀려나지만 『블랙 팬서』(2018)가 6위를 차지하고 있습니다.

MCU 영화처럼 본편과 속편 그리고 시퀄과 프리퀄로 이어지는 영화를 '프랜차이즈' 영화라고 합니다. 흔히 '시리즈'라고도 부르죠. 이런 프랜차이즈 영화는 MCU가 태동하기 이전부터도 미국 영화와 세계 영화 시장의 흥행을 견인하고 있었는데요. 예컨대 '007' '스타워즈' '해리 포터' 등 길게는 수십 년 전부터 최근까지 계속 새 에피소드를 선보인 시리즈 영화를 쉽게 떠올릴 수 있을 겁니다. 거대 자본이 투입되는 영화 산업 특성상, 첫 편이 성공하지 못하면 후속 시리즈는 만들어질 수 없습니다. 프랜차이즈화되어 몇 편이 이어진 작품이라 할지라도 도중에 인기를 잃는다면 얼마든지 제작이 중단될 수 있고요. 그런 의미에서 2008년 『아이언맨』을 필두로 2023년 3월 『앤트맨과 와스프: 퀀텀매니아』

까지 총 마흔 편(영화 서른한 편, 드라마 일곱 편, 애니메이션 두 편)의 작품을 선보인 MCU는 그야말로 속도와 규모 면에서 압도적인 성과를 이루었다고 할 수 있습니다.

이런 MCU의 성공에는 그 원천이 되는 마블 코믹스가 자리 잡고 있습니다. 지금에 와서야 누구나 마블 코믹스를 수천 명의 슈퍼히어로 캐릭터와 '어벤져스' 시리즈 원작을 보유한 거대 회사로 생각하지만, 마블이 오늘의 위상에 이른 건 불과 10여 년 전부터입니다. 물론 마블 코믹스는 1930년대 후반에 설립돼 슈퍼히어로를 주인공으로 한 코믹스로 꾸준히 인기를 누려 온 회사이긴 합니다. 그러나 1990년대 중반 출판만화 시장의 위축으로 파산 위기에 직면한 적도 있지요. 그 뒤로 마블은 캐릭터 완구 회사 토이비즈와 합병해 '마블 엔터테인먼트'라는 종합 엔터테인먼트 회사를 설립했는데요. 이 마블 엔터테인먼트 경영진이 마블의 부활을 위해 선택한 새로운 사업 전략이 있었으니, 바로 마블 코믹스 캐릭터가 등장하는 콘텐츠를 영화나 애니메이션 등 다양한 플랫폼으로 확장시키겠다는 것이었죠. 이 작업을 위해 설립된 회사가 '마블 스튜디오'였고요.

알다시피 이후 마블은 승승장구하기 시작합니다.

처음에는 영화 제작 노하우가 있는 큰 회사에 개별 캐릭터의 판권을 팔아 콘텐츠를 만들었지만(소니 픽쳐스의 스파이더맨 트릴로지), 어느 정도 노하우가 쌓인 뒤에는 2008년 『아이언맨』을 필두로 MCU라는 세계관 아래 세계에서 가장 인기 많은 콘텐츠를 직접 생산하고 있지요.

오래도록 사랑받아 온 프랜차이즈 영화들은 모두 저마다의 스토리텔링 전략이 있습니다. 마블에겐 MCU가 그 핵심이었는데요. 앞 장에서 언급한 수용자 유인과 콘텐츠의 확장성 및 정교화를 위해 MCU가 집중한 두 가지 전략이 특히 주목할 만합니다.

5000명의 슈퍼히어로에 답이 있다

1990년대 중반, 출판 시장의 불황으로 마블 코믹스의 사정도 어려워졌습니다. 사람들은 종이책을 잘 보지 않았고, 두껍고 복잡한 코믹스 역시 예외는 아니었죠. 마블의 가장 큰 라이벌은 DC 코믹스가 아니라 스크린과 브라운관이었습니다. 2023년 현재 출판사의 라이벌이 타 출판사가 아니라 유튜브나 OTT 혹은 등산, 식물 재배 등 취미 영역으로까지 뻗어 나가는 것과 비슷한 상황이죠. 마블 경영진은 후속 코믹스의 성공에 더욱 집중한다든지, 캐릭터 상품 사업(2000년대에 들어서기 전까지 마블에서 가장 큰 수익을 올린 분야입니다)에 집중하는 것이 아니라, IP 판권 사업으로 사업 모델을 혁신적으로 전환합니다. 당장은 수익이 나지 않더라도, 본인들이 오랜 시간 기반을 다진 무수한 IP를 활용해 지금 가장 돈이 몰리는 플랫폼으로 진출할 수 있게끔 사업 전략을 바꾼 것이죠.

부도 위기였던 마블이지만, 마블에는 다행히 돈 대신 다른 총알이 있었습니다. 수십 년간 마블 코믹스 속에서 활약해 온 슈퍼히어로 캐릭터라는 총알이요. 그 캐릭터는 자그마치 약 5000명에 달했습니다.

영상 콘텐츠를 만들려면 이야기가 필요합니다. 영상에 적합한 캐릭터와 사건, 설정을 만드는 건 꽤나 오랜 시간이 걸리는 일이에요. 이 단계에서 작업이 속절없이 늘어지거나 중단되는 경우도 허다하고요. 그런데 마블에는 오랜 세월 독자들에게 검증받은 인기 슈퍼히어로들을 주인공으로 한 완성된 이야기가 쌓여 있었습니다. 물론 코믹스의 문법과 영상 문법은 다르기 때문에, 원작 만화를 그대로 영화화할 수는 없었죠. 그래서 마블은 '캐릭터'에 주목했습니다. 마블 코믹스의 슈퍼히어로들은 성격과 설정 그리고 주요 사건이 많이 구축되어 있었어요. 마블이 할 일은 이 수많은 슈퍼히어로 가운데 영상화에 적합한 최선의 캐릭터를 선정하고 발전시키는 거였죠.

물론 처음부터 순항은 아니었습니다. 마블도 수업료를 톡톡히 치렀거든요. 앞서 말했듯 마블은 이 무렵 정말로 돈이 없었는데, 그래서 이미 수년 전 소니 픽쳐스를 비롯해 폭스, 유니버설 픽쳐스에 마블 최고의 인기 캐릭터인 스파이더맨, 엑스맨, 판타스틱 포, 헐크의 영화 판권을 팔아 버렸습니다. 2002년 스파이더맨 캐릭터가 소니 픽쳐스의 영화 『스파이더맨』으로 먼저 선을 보인 것도 그 때문이죠. 샘 레이미가 감독하고 토비 맥과이어가 주연한 이 영화는 세계적인 성공을 거뒀고요. 영화 속에서 메리 제인이 자기한테 인사하는 줄로 착각하고 꺼벙하게 웃는 스파이더맨의 모습은 제가 며칠 전에도 트위터 짤로 봤을 정도이니, 시간이 좀 더 지나면 이 영화가 고전의 반열에 오를지도 모르겠어요. 이 작품으로 소니 픽쳐스는 떼돈을 벌었고, 영화 판권을 고스란히 넘겼던 마블은 그러지 못했습니다.

자사 캐릭터를 사용한 영화가 세계적인 히트를 쳤음에도 마블이 얻은 건 거의 없었습니다. 마블의 A급 캐릭터들은 적국에 볼모로 잡힌 왕세자들처럼 다른 회사에 묶여 있었고요. 그런 상황 때문에 마블의 주가는 더 바닥을 쳤다고 합니다. 하지만 이때 마블은 좌절하지 않고 '그래, 할 수 있다!'(라고 실제로 외쳤는진 모르겠지만 영어로 비슷한 말을 했겠죠?) 하는 심정으로 과감한 선택을 합니다. 스파이더맨이나 헐크만큼 유명한 캐릭터를 사용할 순 없을지언정 그들을 제외하고라도 5000명●의 캐릭터가 더 있었으니까요. 그래서 마블은 영상화에 가장 잘 어울릴 만한 캐릭터를 고심해 발굴합니다. 2008년 『아이언맨』이 그렇게 마블 스튜디오 제작으로 탄생한 거죠.

1962년 『테일즈 오브 서스펜스 #39』*Tales of Suspense #39*에 처음 등장한 아이언맨은 미국의 억만장자이자 천재 발명가였던 하워드 휴즈에게서 영감을 받은 캐릭터입니다. 원래 마블 캐릭터 가운데 최고 인기를 구가하던 캐릭터는 아니었죠. 그러나 인간적이고 괴짜 같은 매력을 지닌 덕분에, MCU 영화의 첫 주인공이 되어 성공적으로 데뷔합니다. 사람들이 얄미워할 만한 구석이 있는 인간적인 슈퍼히어로의 등장이었던 거예요. 이로써 마블은 코믹스 캐릭터를 발굴해 확장력 있는 시리즈를 만들어 나갈 수 있겠다는 자신감을 얻습니다. 그리고 아이언맨은 마블을 대표하는 슈퍼히어로로 거듭나 캐릭터

● 2022년 기준 8000여 명.

사업과 출판 사업에서도 중심적인 역할을 하며 새롭게 활용되고 있습니다.

따로 또 같이, 캐릭터를 연결하라

매력적인 캐릭터가 있는 원작을 발굴해, 시리즈화하는 것. 그건 MCU 전에도 이미 영상 콘텐츠에서 흔히 써먹던 전략입니다. '007' 시리즈도 이언 플레밍의 원작 시리즈 소설에서 비롯되었고, '해리 포터' '반지의 제왕' 시리즈 등 거대 자본이 투입되는 판타지물도 할리우드 테크놀로지의 발전에 따라 원작 팬들에게 호평을 받을 정도로 잘 구현되고 있었죠. 원작들 자체도 나름대로 탄탄한 세계관을 갖추고 있었고요.

이러한 원작을 토대로 한 영화들은 원작의 세계관을 거의 그대로 차용합니다. 그러니까 '해리 포터' 시리즈는 책의 출간 순서와 동일한 선상에서 마법사의 DNA를 물려받은 주인공 해리 포터가 호그와트에 입학해 마법 세계를 접하고 사악한 볼드모트를 무찌르며 성장하는 이야기죠. '007' 시리즈는 영화 제작사인 MGM이 소설 원작자 이언 플레밍에게 산 판권을 보유하고 있습니다. 초기 영화 시리즈의 제임스 본드는 마초적인 바람둥이이자 슈퍼히어로에 버금갈 정도로 완벽하게 임무를 완수하는 캐릭터였습니다. 하지만 배우 대니얼 크레이그가 연기하는 6대 제임스 본드부터는 과거 특징들을 벗어던지고 좀 더 고뇌하는 인간적인 성격으로 캐릭터가 변화했죠. 제임스 본드의 소속 기관인 MI6도 세월의 흐름에 따라 점점 더 첨단화하는 한편 여성 국장이 그 수장 자리에 오르기도 하고요. 하지만 '살인면허를 가진 제임스 본드라는 영국 외무부 소속 공무원이 나라를 뒤흔드는 비밀 업무를 수행한다'는 원작의 기본 설정은 나름대로 엄격하게 지켜지고 있습니다. 원작이 구축한 세계관과 플롯 전개 방식을 영화도 크게 벗어나지 않죠.

MCU는 이들 사례와는 다른 방식으로 세계관을 만들어 나갔습니다. 주요 캐릭터들의 솔로 무비를 만들어 캐릭터를 명확히 구축하고, 이렇게 구축한 캐릭터들이 모두 나오는 팀 무비를 만들어 개별 캐릭터 영화에서 보여 준 설정과 캐릭터를 유기적으로 연결하는 거예요. 지금에야 이게 뭐 그리 대단한 일인가 싶지만, 마블이 시작하기 전까지만 해도 이런 식의 프랜차이즈는 없었습니다. 프랜차이즈 영화나 시리즈에서 주인공 말고 다른 캐릭터가 인기를 얻으면 '스핀오프' 형식으로 그 캐릭터를 떼어 작품을 만드는 경우는 있었으나, 장차 팀플레이 영화에 나올 개별 캐릭터들을 가지고 하나씩 영화를 만들어 각 캐릭터의 정체성을 구체화하고, 작품별로 연결 지점을 형성해 떡밥과 복선을 차츰 마련해 두는 방식을 사용한 건 마블이 처음이었죠.

MCU의 첫 영화 『아이언맨』 본편 상영 뒤 이어지는 쿠키 영상을 보면, 실드S.H.I.E.L.D의 닉 퓨리가 등장해 '세상에 히어로가 아이언맨 너뿐인 줄 아느냐'며 아직 등장하지 않은 슈퍼히어로들에 대한 떡밥을 던집니다. MCU의 두 번째 영화 『인크레더블 헐크』(2008) 쿠키 영상에는 아이언맨 토니 스타크가 출연하고요. 이런 식으로 마블은 매 작품마다 다음 작품과 이들 히어로의 조직 '어벤져스'에 대한 떡밥을 차근차근 던지다가, 마침내 MCU 페이즈1●의 마지막 영화로 『어벤져스』를 세상에 내보낸 거랍니다.

사실 MCU 페이즈1에서 선보인 개별 캐릭터 영화들은 『아이언맨』 정도를 제외하곤 평가가 그리 좋지 않았어요. 하지만 『어벤져스』의 등장으로 판세가 바뀌기 시작합니다. 『어벤져스』는 앞서 개별적인 영화에 나온 슈퍼히어로들을 한 편의 실사영화에 한데 모으는 대규모 프로젝트였죠. 여기에 사람들이 열광하면서, 이 영화는 역대 박스오피스 10위 안에 든 첫 마블 영화가 됩니

● '페이즈'란 MCU에서 커다란 사건이 넘어가는 단위를 말합니다. 페이즈1에 해당하는 작품으로는 『아이언맨』(2008), 『인크레더블 헐크』(2008), 『아이언맨2』(2010), 『토르: 천둥의 신』(2011), 『퍼스트 어벤져』(2011), 『어벤져스』(2012)가 있습니다.

다. 스타급 배우들, 막대한 예산이 들어가는 제작 규모, 수없이 많은 갈래로 흩어져 있던 스토리를 캐릭터 중심으로 연결해 하나의 팀을 만들어 대형 사건을 해결하게끔 하는 매끄러운 전개까지. 사람들은 수년에 걸쳐 캐릭터를 연결시켜 팀을 빌드업한 세계관에 쾌감을 느꼈습니다. '이게 되네?' 하는 심정 아니었을까요. 이전까지 영화로 나온 슈퍼히어로들 가운데 단 한 캐릭터의 팬이었더라도 그 캐릭터가 출연하는 『어벤져스』만큼은 볼 가능성이 높고요. 반대로 앞서 나온 개별 영화를 보지 않은 사람도 『어벤져스』를 재미있게 보고 나서 이들의 전사前史를 알기 위해 앞선 영화를 찾아보게 되겠죠. 저도 처음엔 '아이언맨' 시리즈만 챙겨 봤었는데요. 『어벤져스』를 본 뒤 다시 야금야금 개별 캐릭터 영화로 돌아가 작품을 보게 되었답니다.

이후 굵직한 주요 사건들을 페이즈로 분류하며 전개돼 온 MCU 영화는 현재 페이즈4가 진행되고 있습니다. 페이즈3의 시작은 장장 마블 코믹스 네 권(『시빌 워』 『시빌 워: 캡틴 아메리카』 『시빌 워: 스파이더맨』 『시빌 워: 아이언맨』)을 할애한 주요 이벤트 중 하나를 다루는 『캡틴 아메리카: 시빌 워』(2016)입니다. 여기서 어벤져스의 능력 사용을 제한하는 '슈퍼히어로 등록제'

발의를 기점으로, 이제껏 하나의 목표 아래 힘을 합쳐 달려가던 캐릭터들이 처음으로 크게 갈등하고 반목하는 이야기가 나오는데요. 캐릭터들을 모아 한 팀으로 공동의 성취를 이루게 한 다음, 위기를 통해 그 팀을 뒤흔들자 개별 캐릭터의 서사는 더욱 풍부해지고 입체적이게 되었습니다.

세계관 연결, 예능에서도 가능하다
—유튜브 콘텐츠

국내에서 '세계관'이라 하면 게임 스토리의 세계 설정이나 판타지물의 세계 설정에 주로 쓰이던 업계 용어에 가까웠습니다. 이 개념이 대중적으로 널리 퍼지게 된 건 2000년대 후반 MCU 영화가 공개되면서부터고요. 이후 긴 호흡의 서사를 기반으로 한 스토리 콘텐츠뿐만 아니라 엔터테인먼트 산업 전반에 걸쳐 '세계관'이라는 용어가 널리 쓰이게 됐습니다. 용례도 다양해졌어요. 예컨대 2021년 MBC 가요대제전에서 드레스를 입은 윤아(소녀시대)와 미래적인 무대의상을 입은 카리나(에스파)가 함께 서 있는 모습을 보고 누리꾼들은 '그림체'가 다르다며 '세계관'이 충돌한 것 같다는 댓글을 달았죠.

극 중에서 앙숙 캐릭터를 연기한 배우가 현실에서 사이 좋은 모습을 보여 준다거나, 어떤 배우와 각기 다른 작품에서 연인 관계를 연기했던 두 배우가 결혼식 같은 현실 세계의 이벤트에서 마주칠 때 '세계관 충돌!'이라는 헤드라인을 쓰기도 합니다.

세계관이 '충돌'한다는 말이 이처럼 널리 쓰인다는 건, 개별 콘텐츠의 세계관이 서로 연결될 수 있음을 반증하는 사례일 겁니다. 사람들이 그 '연결'에 관심이 깊다는 것도요.

굴비 엮듯 세계관 엮기

유튜브 콘텐츠 가운데 폭발적인 인기를 누리는 코미디 예능 『피식대학』은 개별 콘텐츠의 세계관을 유연하게 서로 연결하며 점점 더 확장하는 '피식대학 유니버스'를 만들어 가고 있습니다.

2020년 지상파에 유일하게 남아 있던 공개 코미디 프로그램이 막을 내리고, 코로나19 팬데믹과 맞물려 방송국 바깥에서도 코미디 무대를 찾기가 어려워졌지요. 이 무렵 많은 코미디언이 눈길을 돌린 곳이 바로 유튜브였습니다. KBS 공채 개그맨 출신 정재형과 SBS 공채 개그맨 출신 김민수·이용주가 이끄는 『피식대학』은

206만 구독자(2023년 5월 기준)를 보유한 코미디 채널입니다. 현재 한국 온라인 코미디 콘텐츠 가운데 가장 인기가 많고 파급력이 큰 채널이라고 할 수 있는데요. 공개 코미디 무대의 스케치보다는 호흡이 좀 더 긴 에피소드형 콘텐츠 위주로 이루어져 있습니다. 짠내 나는 오십대 아버지들의 산과 인생과 힐링에 관한 이야기 「한사랑산악회」, 2000년대 05학번들의 이야기 「05학번 이즈 백」, 05학번들이 신도시에 사는 삼십 대 아재가 되어 버린 「05학번 이즈 히어」 그리고 다양한 남자들과의 비대면 데이트 롤플레잉으로 인기의 신호탄을 쏘아 올린 「B대면 데이트」 등 각 콘텐츠마다 어디서 본 듯한 리얼한 캐릭터와 디테일한 세계관을 갖고 있지요.

그런데 여기서도 개별 콘텐츠의 세계관은 서로 연결되어 있습니다. 예컨대 「한사랑산악회」에 나오는 아버지들의 자식이 「05학번 이즈 백」 주인공이고요. 이 중 이용주와 정재형은 각 콘텐츠에서 아버지와 아들이라는 두 캐릭터를 모두 연기하고 있습니다. 「05학번 이즈 백」의 배경은 그들이 대학생이던 2000년대 중반이고 「한사랑산악회」의 배경은 2020년대 현재로 짐작되니, 시간적으로 두 세계관이 살짝 어긋나는 것 같긴 합니다. 하지만 코미디 콘텐츠 특성상 정극에 비해 세계관의 연결이 너무 타이트하지 않아도 된다는 점은 이 경우에 장점이 됩니다.

「B대면 데이트」의 소개팅남들 가운데 몇몇 캐릭터 역시 그 특성에 따라 단독 콘텐츠로 만들어져 각 캐릭터의 백그라운드를 넓혀 줍니다. 마치 MCU가 '어벤져스' 시리즈를 위해 캐릭터별 단독 영화를 제작했던 것과 비슷한 방식이라 볼 수도 있겠죠. 가령 KBS 공채 개그맨 출신 코미디언 이창호가 연기하는 '이호창' 캐릭터는 「B대면 데이트」의 최종 결승 후보자인 재벌 3세이자 「김갑생할머니김」에 나오는 미래전략본부장이기도 합니다. 여기서 이어지는 콘텐츠로 실제 김 제조 회사인 성경식품과 컬래버레이션을 해 김갑생할머니김 제품을 출시하는 상황극을 만들기도 했죠. 그뿐 아니라 실제 제품을 온·오프라인에서 판매하여 콘텐츠별 세계관을 연결하는 것은 물론, 극중 세계관을 현실에까지 연결시키기도 합니다. 이호창이 성경식품의 김 공장을 방문해 실제 직원들 앞에서 본부장 노릇을 하는 순간, 진지하게 리액션을 하다 웃음을 터뜨리고 마는 직원들을 보고 있으면 '세계관 연결'과 '세계관 충돌'을 함께 경험할 수 있어 그야말로 폭발적인 재미를 얻게 됩니다.

팬들의 댓글이 세계를 확장한다

유튜브 콘텐츠의 세계관을 완성하는 또 하나의 요소는 팬들의 댓글입니다. 능동적으로 참여하는 팬들 덕분에 기존 세계관이 더욱더 넓어지는 것이죠. 이호창 본부장 캐릭터가 나오는 「김갑생할머니김」 콘텐츠엔 그런 댓글이 굉장히 많습니다.

> 작년 하반기 면접 본 사람입니다. 그냥 면접비 주는 회사도 있는데 그 귀한 김을 면접자 전원한테 주시더라고요. 김갑생 김 들고 지하철 타는데 사람들 엄청 부러워하고ㅜㅜ 가족들이랑 그날 큰 맘 먹고 김말이 만들고 김 파티 했네요. (닉네임: luna)

> 김갑생할머니김 전년 대비 영업이익 열 배 축하드립니다. 본부장님 계획처럼 아마존, 구글, 테슬라와 경쟁하며 이익 100배를 위해 열심히 일해 주세요. (닉네임: 다짐TV DaGym)

> 이 영상을 보고 신세계 주식 매도하고 ㈜김갑생할머니김 풀매수 했습니다. (닉네임: 고양)

개별 캐릭터의 서사를 연결해 유니버스를 만든 사례로는 코미디언 강유미의 『좋아서 하는 채널』을 빼놓을 수 없는데요. ASMR(자율 감각 쾌락 반응)을 현대미술의 경지로 끌어올리고, '강유미에게 명예 인류학 박사 학위 수여가 시급하다'는 평을 듣는 이 채널에서도 개별 캐릭터로 등장했던 인물이 세월이 흘러 또 다른 캐릭터로 등장하거나 캐릭터들 간 관계가 설정되기도 합니다.

로봇처럼 뚝딱거리는 'INTJ 상사'는 '결혼식 하객 알바'가 되어서도 기계적으로 업무를 수행하고, 오징어를 뺏어 먹던 '일진 여고생'은 자라서 '메이크업 숍 개념 부족 막내'가 되어 '배우병 걸린 여배우'의 메이크업을 해 주다 욕을 얻어먹습니다.

여기서 팬들은 '배우병 걸린 여배우'에게 마치 진짜 상황인 양 일진 논란을 해명해 달라고 요구합니다. 연예인 사건·사고가 터졌을 때 팬덤끼리 편을 갈라 싸우는 광경을 종종 보게 되죠. 『좋아서 하는 채널』 팬들은 그런 상황의 구체적인 말투와 전개 방식까지 (마치 이 세계의 주인인 강유미처럼) 구체적으로, 현실감 있는 리액션으로 흉내 내 가며 채널 속 세계와 현실 세계의 구분을 흐릿하게 만듭니다. 그럼으로써 세계는 점점 더 확장되어 가고요.

II

세계관, 어떻게 구축할까

ㅡ네 가지 필수 요소

{ 4 }

캐릭터

‘세계관은 곧 어떤 이야기가 펼쳐지는 거대한 배경’이라는 선입견 때문에 세계관을 만들 때 일단 커다란 배경이나 설정부터 짜고 시작하는 경우가 많습니다. 하지만 하나의 세계를 만든다는 건 세계를 구성하는 기본 요소들을 건축한다는 의미입니다. 여기서 캐릭터 설계는 결코 빼놓아선 안 되는 부분이죠.

우리는 어떤 캐릭터에 빠져드는가

그렇다면 우리는 어떤 캐릭터에 빠져들까요. 이 책을 읽는 여러분들도 눈을 감고 한번 떠올려 보기로 해요. ‘내가 요즘 매력적이라 생각하는 캐릭터는 누구인가?' 실제 인물도 좋고 가상 인물이라도 좋습니다.

저마다 떠오르는 얼굴이 있을 겁니다. 즐겨 보는 웹툰 주인공일 수도 있고, 세계를 제패하는 스포츠 스타 내지는 다정하고 일 잘하는 직장 동료일 수도 있습니다.

영상 콘텐츠에서 세계적으로 가장 성공한 캐릭터를 꼽는다면 단연 '아이언맨'을 떠올릴 수 있을 겁니다. 앞선 장에서 설명했듯 마블이 영상화할 캐릭터로 아이언맨을 고른 것은 처음엔 궁여지책이었습니다. 인기가 더 많았던 캐릭터를 사용할 권리가 마블에겐 없었으니까요. 그런데 영화에서 구현된 아이언맨 '토니 스타크'는 그 전까지 봐 왔던 히어로들과는 다른 매력으로 사람들을 사로잡았습니다.

극 중 토니 스타크는 어마어마하게 성공한 사업가입니다. 성격은 매우 괴팍하죠. 직선적이고 이기적이고 얄밉고 얼핏 돈밖에 모르는 사람처럼 보이기도 합니다. 그런데 한편으론 은근히 장난기도 많아서 예상치 못한 상황에 웃음을 주기도 합니다. 치즈버거를 좋아하고요. 우리와 다를 바 없는 평범한 인간입니다. 좀 전에 말한 '어마어마하게 성공한 사업가'와 대치되는 것 같지만 이 또한 진실입니다.

토니 스타크 외에 다른 마블 히어로들을 떠올려 볼까요? 스파이더맨은 손에서 거미줄이 나오고, 헐크는 온몸이 변하는 초자연적인 힘을 가지고 있습니다. 닥터 스트레인지는 시공간을 넘나들 수 있고, 스칼렛 위치는 환각·염력 등의 초능력을 사용합니다. 토르와 로키는 신이고요. 반면 토니 스타크는 초인도 신도 아닙니다. 슈트를 벗으면 어떤 특별한 능력도 없어요. 이런 비범함 속 평범함이 토니 스타크의 중요한 인기 요인인 겁니다.

감정이입

가상의 캐릭터에 매력을 느끼려면, 즉 사람들이 어떤 캐릭터에 공감하고 빠져들 수 있으려면 대상에 대한 감정이입이 필수입니다. 캐릭터의 생각과 행동을 이해하지 못하는데, 어떻게 그 캐릭터가 끌고 가는 이야기와 세계를 오래도록 볼 수 있겠어요. 당장 더 매력적인 캐릭터의 이야기로 갈아타게 될 겁니다. 이야기의 배경과 분위기, 다른 어떤 요소가 좋아도 매력적인 캐릭터를 만들지 못한다면 이야기의 생명력은 금세 사그라듭니다. 특히 주인공 캐릭터는 보는 이로 하여금 '저런 사람이 어디 있어, 말도 안 돼' '무슨 생각으로 저러는 거냐' '그러거나 말거나' 하는 심정이 들게 해서는 안 됩니다.

감정이입이 잘 이뤄지는 캐릭터를 만들려면 몇 가지 전략이 필요합니다.

동질감

캐릭터에 감정이입을 하려면 일단 캐릭터와 내가 비슷한 사람이라는 동질감을 느껴야 합니다. 나와 전혀 다른 생각, 다른 모습을 하고 있는 사람에게 이입하는 걸 넘어 매력까지 느끼려면 그야말로 천 리 길을 가야 하니까요.

우리가 어떤 캐릭터에 동질감을 느끼려면, 캐릭터는 크게 두 가지 특징이 있어야 하는데요. 하나는 '욕망의 보편성', 또 하나는 '행동의 의외성'입니다. 그리고 이 두 가지는 추상적인 설명이나 의지의 표명을 통해서가 아니라 디테일한 상황을 통해 그려져야 합니다.

1) 욕망의 보편성

예를 들어 볼게요. 돈이 많았으면 좋겠다는 욕망은 많은 사람이 갖고 있지요. 개인별로 원하는 정도의 차이는 있겠으나, 더 많은 돈을 벌고 싶다는 욕망은 현대 자본주의 사회를 살아가는 이들이 흔히 갖는 보편적인 욕망입니다. 그래서 우리는 돈이라는 목표를 쟁취하고자 하는 캐릭터를 볼 때, 돈을 거부하는 캐릭터보다 좀 더 쉽게 그 욕망을 이해할 수 있습니다. 그런데 이야기 세계에서는 캐릭터에게 보편적인 욕망을 부여하는 걸로 끝나선 안 됩니다. 캐릭터가 그 욕망을 갖게 된 동기가 보이지 않는다면, 사람들이 캐릭터라는 상상 속 인물과 나를 동일시하기 어렵습니다, 그래서 자칫하면 자기 자신을 속일 수도 있어요. '돈은 좋지만, 뭐 그렇게까지 해서 갖고 싶나? 난 저 정도로 돈에 절박하지 않은데?'라고 생각하는 거죠. 그래서 캐릭터에 보편적인 욕망을 심을 때에는 그 욕망을 갖게 된 구체적인 상황과 동기도 함께 마련해 주어야 합니다.

> 외딴섬에 갇혀서 홀로 근무. 저녁에 전기 스위치 올리고 아침에 내리는 단순 업무. 업무 내용 잘 지키면 남는 시간엔 자유 시간 보장. 컴퓨터는 있으나 인터넷 안 됨. 물자 보급되나 근무지 이탈 불가. 2년 만기 근무 시 10억 일시금 지급.

몇 년 전 어느 온라인 사이트를 뜨겁게 달궜던 밸런스 게임 내용입니다. 이런 조건의 일을 할 수 있는지 없는지, 누리꾼들에게 묻는 게시글이 올라온 거죠. '할 수 있다'와 '할 수 없다'로 누리꾼들 의견은 팽팽하게 갈렸고요. 실제로 이런 일이 일어날 리는 없겠지만, 구체적인 조건과 상황이 제시되자 사람들은 마치 진짜 나에게 닥칠 일인 양 몰입하게 된 거예요.

넷플릭스 드라마 『오징어 게임』의 시작은 어떤가요. 주인공 기훈은 돈을 많이 벌고 싶습니다. 도박 중독자에 빚쟁이이기 때문이죠. 당장 돈을 구하지 않으면 사채업자들에게 죽임을 당할 수도 있어요. 게다가 어머니는 당뇨로 수술이 시급하고요. 목돈이 필요합니다. 이 정도 상황이라면, 목숨을 담보로 큰돈을 딸 수 있는 머니 게임에 참가하기로 한 그의 결정에 공감할 수 있겠죠?

보편적인 욕망을 가진 캐릭터에 우리가 동질감을 느끼는 이유는 말 그대로 그것이 부정할 수 없이 우리 내면과 닮아 있기 때문입니다. 돈을 많이 벌고 싶다, 사랑하고 싶다, 성공하고 싶다, 죽기 싫다, 위험에서 벗어나고 싶다 등등 말이죠.

2) 행동의 의외성

'행동의 의외성'은 '개성'이라는 말로 바꿔 말할 수 있는데요. 이 역시 『오징어 게임』의 기훈을 예로 들어 볼게요. 『오징어 게임』 1화에서 기훈은 사채업자들에게 갚을 돈 400만 원을 몽땅 잃어버리고 신체 포기 각서까지 쓰며 빚 독촉을 당하는 와중에, 낯선 자와 딱지치기를 해서 겨우 10만 원을 법니다. 신이 난 기훈은 집에 돌아가는 길에 고등어를 사다가 우연히 만난 고양이에게 고등어 한 마리를 통째로 주며 기분을 냅니다.

이때 저는 기훈이 어떤 사람인지 선명하게 이해됐습니다. 극 중에 나오지 않은 그의 과거와 미래까지 그려졌고요. 기훈은 배곯는 길고양이에게 생선을 주는 온정적인 사람이고, 또 돈이 급한 상황에서도 쉽게 돈을 써 버리는 기분파입니다. 예전에도 그랬고 앞으로도 이런 식의 선택을 할 테고요. 결정적인 순간에 돈을 날리고도 따뜻한 마음을 동력 삼아 극을 이끌 겁니다. '돈을 벌고 싶다'는 욕망은 보편적인 욕망이라서, 한 인물의 성격을 모두 드러내진 않습니다. 캐릭터를 만드는 데 필수 조건이긴 하지만요. 그 인물의 진면목을 알게 되는 순간은 보편적인 욕망에 사소한 개성이 더해질 때입니다. 실제 삶과 참 비슷하죠?

동질감 + 선망

동질감 형성이란 감정이입을 가능하게 하는 좋은 방법이지만, 동질감에 '선망'이라는 요소가 더해질 때 사람들은 한층 더 그 캐릭터에 빠져들게 됩니다. 일찍이 아리스토텔레스는 서사 이론의 시초라 할 수 있는 『시학』을 통해, 우리보다 어느 정도 위대한 힘을 갖고 있는 주인공은 사실 우리 자신과 대동소이한 인물이기에 우리는 그 인물의 감정에 자신도 모르게 완전히 참여(이입)하게 된다고 말했죠.● 우리가 부러워하고 동경하는 건 바로 '우리보다 어느 정도 위대한 힘'입니다.

선망의 요소는 크게 두 가지로 나누어 볼 수 있습니다.

1) 전문성

드라마나 영화, 웹툰과 웹소설에는 전문직, 부자, 히어로 같은 캐릭터가 자주 등장합니다. 아이돌 세계관에서 캐릭터를 만들 때도 마찬가지예요. 이들은 바람·불·물 같은 자연 요소를 다룰 수 있거나, 공부를 잘하거나, 잠재적인 힘을 가지고 있죠.

● 아리스토텔레스 외, 『시학』, 천병희 옮김, 문예출판사 2013, 14쪽.

2) 선을 넘는 사람들

우리가 누군가를 선망할 때 기본 전제는 무엇일까요? 상대가 아무리 뛰어난 일을 해도, 나 역시 이미 그것을 할 줄 안다면 그 사람을 남달리 보진 않습니다. 그런 의미에서 시대가 정해 놓은 이성과 보편 질서를 무너뜨리고 선을 넘는 사람들이야말로 선망의 대상이 될 자질을 갖추고 있다 말할 수 있을 겁니다. 왜냐하면 사람들 대부분은 그렇게 살지 못하거든요. 내가 넘지 못하는 선을 남이 대신 넘어 주니 동경과 쾌감을 느낄 수밖에요.

MBC 미니시리즈 『옷소매 붉은 끝동』(2021) 주인공 성덕임은 왕의 승은을 입기를 거부합니다. 조선 시대 궁녀는 아마도 자기 주도적인 삶이 거의 불가능했을 겁니다. 그런 세계에서 자기 자신으로 살고자 승은을 거부한 덕임은 대표적인 '선을 넘는 캐릭터'입니다. 범유진 작가가 쓴 안전가옥 쇼-트 『아홉수 가위』 속 「아주 작은 날갯짓을 너에게 줄게」의 주인공 신이나는 부모로부터 이어받은 능력 때문에 고등학생 때 등에 날개가 솟아나고, 날갯짓으로 주위 물건을 띄우는 힘을 갖게 됩니다. 이나는 어릴 때부터 이 힘은 남들을 위해 선하게 써야 한다는 가르침을 받고 자라요. 그래서 날개를 갖게 됐을 때도 부담스럽게 솟아난 날개를 꽁꽁 묶어 감추기에 급

급하죠. 그러나 동생과 자신에게 가해지는 폭력 앞에서 마침내 이나는 선을 넘는 선택을 하게 되고, 그 선택은 독자들의 열광적인 지지를 얻었습니다.

선망 + 연민

동질감과 선망이 더해져 매력적인 캐릭터가 탄생했다면, 매력을 극대화하기 위해 캐릭터에 더할 수 있는 요소는 '연민'입니다. 이 역시 평소 우리 모습을 돌아보면 그 이유를 짐작할 수 있는데요. 완벽한 줄 알았던 사람에게서 허점이나 약점이 발견될 때 오히려 그 사람이 더 친근하게 느껴지고 마음의 거리가 좁혀진 경험이 흔히들 있을 겁니다. 캐릭터도 마찬가지입니다. 선망과 연민이라는 양극단의 감정을 함께 느낄 때 사람들은 그 아찔한 낙차에 긴장감을 느끼며 대상에 빨려들어 가죠. 그래서 매력적인 주인공 캐릭터는 크게 두 가지 방향으로 연민을 자아내는 요건을 갖추고 있답니다.

1) 핸디캡

2022년 우리나라에 돌풍을 일으킨 드라마 『이상한 변호사 우영우』의 로그 라인(핵심 플롯을 요약한 한 줄 줄거리)은 '자폐를 가진 천재 변호사의 대형 로펌 생존기'입니다. 로그 라인만 봐도 주인공 캐릭터의 매력이 느껴지지 않나요? 『왕좌의 게임』 티리온 라니스터는 왜소증을 앓는 캐릭터죠. 극 중 그는 이 핸디캡을 상쇄하고자 무섭도록 책을 읽어 『왕좌의 게임』 세계관에서 누구도 무시할 수 없는 총명한 인물이 되었습니다. 현재 그는 극에서 가장 인기 있는 캐릭터 중 한 명이기도 해요.

핸디캡은 절대적이라기보다는 상대적인 속성입니다. 로버트 드니로가 주연한 영화 『인턴』(2015)에서 보듯 젊은 사람들만 있는 공간에 나이 든 사람이 저 혼자라면 그게 그 인물의 핸디캡이 되고요. 물론 반대의 경우도 성립합니다. 이야기 속 세계관에서 나이, 외모, 성별, 신체적 특징, 사회·경제적 위치 등을 이유로 어떤 캐릭터가 약자 혹은 배척받는 위치에 서게 되면 바로 그 점이 그 캐릭터의 핸디캡이 되는 거죠.

2) 심리적 콤플렉스

앞서 아이언맨 토니 스타크가 지구상에서 가장 인기 있는 캐릭터 중 하나라고 말했죠. 막대한 부를 지니고 무적의 슈트를 입은 토니 스타크이지만, 그런 그에게도 아픔이 있습니다. 하나는 대디 이슈, 즉 아버지에 대한 인정 욕구 문제가 있고, 또 하나는 핵미사일을 들고 다른 차원으로 갔다 살아 돌아온 뒤 죽음에 대한 트라우마가 생겼다는 거죠. 이 설정은 『캡틴 아메리카: 시빌 워』까지 계속 이어져 토니 스타크 캐릭터를 한층 깊이 있게 만듭니다. 같은 마블 시리즈의 스칼렛 위치는 『완다비전』에서 사랑하는 '비전'을 잃은 트라우마로 사람들에게 용서받지 못할 잘못을 저지르는데, 극 중 스칼렛 위치의 고통을 고스란히 느낄 수 있어 그 사연을 알게 된 시청자들은 그를 미워하기는커녕 동정심을 느끼게 된답니다.

캐릭터 유형

앞의 요소들을 조합해 특정 카테고리를 형성하는 캐릭터 유형을 몇 가지 소개하겠습니다. 물론 다음에 소개하는 캐릭터 말고도 저마다 자신이 접하는 이야기에서 어떤 캐릭터 유형이 있는지 분류해 본다면, 향후 세계관을 만들 때 필수적인 캐릭터를 보다 쉽게 떠올릴 수 있을 거예요.

영웅

요즘 서사 콘텐츠 판은 '영웅의 시대'라 할 만큼 다양한 능력을 지닌 영웅이 등장하는데요. 캐릭터에 어떤 능력을 부여할지는 극 전개에 따라, 장르에 따라 그리고 주제에 따라 굉장히 달라질 수 있습니다. 다만 비범한 능력, 위대한 용기는 영웅 캐릭터의 필수 조건인데요. 이 밖에도 꼭 지켜야 할 원칙이 하나 있습니다. 바로 영웅은 '희생하는 자'라는 원칙입니다. 그저 용기 있게 능력만 펼친다고 하여 바로 영웅이 되는 건 아닙니다. 그렇게 치면 빌런도 엄청난 능력과 오만한 용기가 있는걸요.

『스파이더맨: 노웨이 홈』(2021)의 피터 파커는 멀티버스에서 유입된 악당들을 물리치고 인류를 지키는 대신 자기 자신이 사람들로부터 잊히는 선택을 하게 됩니다. 절친했던 네드, 메리 제인을 비롯해 모두와 관계가 끊기고 홀로 고독해지는 희생을 치르는 것이죠. 당연한 말이지만 희생은 아무나 할 수 없는 '비범한 선택'이기 때문에 그런 결단을 내리고 행동에 옮기는 캐릭터를 영웅이라 부르는 것이며, 사람들은 언제나 영웅의 탄생을 기다립니다.

원칙주의자

원칙주의자는 자신만의 원칙을 금과옥조 삼아 일관성 있게 행동하는 캐릭터입니다. 이 원칙은 곧 주인공의 도

덕률이라고 할 수 있는데요. 원칙주의자는 역경이 와도 원칙을 깨지 않고 지키며 극한의 상황을 극복합니다. 그래서 이 원칙이 그들의 강점이자 약점이 되는 것이죠. 마블 시리즈의 캡틴 아메리카 스티브 로저스는 미국식 보수주의와 "I can do this all day"(온종일 할 수도 있어)라는 대사로 표상되는 불굴의 의지를 가진 캐릭터예요. 영화 『캡틴 아메리카: 시빌 워』에서 스티브 로저스는 자신의 원칙대로 개인의 자유의지를 최우선에 놓고 '슈퍼히어로 등록제'에 반대하며 개인의 자유를 옹호함으로써, 절친했던 토니 스타크와 반목하게 됩니다.

한편 SBS 미니시리즈 『스토브리그』(2019)의 백승수 단장은 합리와 원칙을 내세우는 캐릭터입니다. 야구 문외한으로 야구단 단장을 맡게 된 그는 비용 대비 효율을 철저히 따지며 문제를 해결하는 대표적인 원칙주의자죠. "저를 못 믿으세요?"라는 운영팀장 이세영의 항변에 "믿음으로 일하는 거 아닙니다. 각자 일을 잘하자는 겁니다"라고 답하는 모습에서 그의 칼날 같은 원칙을 알 수 있죠. 이 성격이 그를 앞으로 나아가게도, 장애물에 걸려 넘어지게도 할 것임을 예상할 수 있고요.

먼치킨

먼치킨munchkin이란 단어는 소설 『오즈의 마법사』에 나오는 종족 이름에서 유래한 것인데요. TRPG 게임 등 경쟁보다는 협력을 중시해야 하는 게임 판에서는 게임 진행을 방해할 정도로 홀로 경쟁력을 불태우는 게이머를 가리키는 말로 사용돼 왔습니다. 그러다 최근엔 먼치킨 캐릭터를 좀 더 대중적으로 활용한 사례를 쉽게 찾아볼 수 있게 되었답니다. 한마디로 마동석 영화의 마동석 캐릭터라고나 할까요. 흔히 '사기캐(릭터)'라고도 하죠.

일반적인 서사 콘텐츠에서 주인공 캐릭터는 처음에는 약하거나 자기 능력의 최대치를 각성하지 못하다가 시련과 갈등을 겪으며 서서히 성장하는데요. 먼치킨 캐릭터는 그런 과정이 없습니다. 그냥 처음부터 끝까지 '강 - 강 - 강 - 강' '승리 - 승리 - 승리 - 승리'의 캐릭터예요. 1990년대엔 스티븐 시걸이라는 배우를 프랜차이즈 브랜드처럼 내세운 일련의 미국 액션 영화가 있었고, 2000년대 초반엔 한국 판타지 장르에서 이런 캐릭터가 양산되기 시작했어요. 요즘은 웹소설 주인공으로 많이 등장합니다.

먼치킨 캐릭터는 '회당 호흡은 짧은, 그러나 연재 기간이 긴' 웹소설 포맷의 등장과 함께 확실히 인기를 얻고 있어요. 세계관은 방대하지만 매일 짧은 분량을 지속적으로 따라가야 하는 웹소설의 경우, 캐릭터가 약하거나 위험한 모습이 너무 오래 보이면 독자들이 답답함을 느끼고 이야기를 따라잡을 동력을 잃습니다. 독자들이 원하는 건 먼치킨 캐릭터가 매일매일 시원하게 활약하는 통쾌한 모습이니까요. 먼치킨 캐릭터의 활황은 지금의 시대정신을 담고 있다고 볼 수 있습니다. 주인공이 언제 또 쥐여 터지진 않을까, 죽진 않을까 염려할 필요 없이 결과의 시원함을 극도로 즐길 수 있다는 점에서요.

계략가

계략가는 먼치킨과 비슷하면서도 또 다른 식의 통쾌함을 주는 캐릭터입니다. 계략가 캐릭터에겐 남들보다 두 수 정도 앞을 내다보는 '계획'이 있죠. 이것이 통쾌함의 핵심입니다. 선망의 핵심이기도 하고요. 왜, 미국의 복싱 선수 마이크 타이슨이 했다는 유명한 말이 있잖아요. "누구나 다 계획은 있다, 한 대 처맞기 전까지."

우리도 정도의 차이는 있지만 어느 정도 계획은 하고 삽니다. 일이 계획대로 안 되어서 문제죠. 그런데 계략가들의 계획은 실패했나 싶다가도 결국엔 기가 막히게 맞아떨어집니다. 엄청난 위기에 빠져서 보는 사람 마음을 불안하게 하던 이들도 결국 그 계획이 옳은 것으로 판명 나며 기사회생하죠. 이때의 짜릿함이 엄청납니다. 캐릭터를 향한 탄복이 절로 나오고요.

MBC 미니시리즈 『빈센조』(2021)의 빈센조, 산경 작가의 웹소설이자 JTBC 드라마로도 만들어진 『재벌집 막내아들』의 진도준, 백덕수 작가의 웹소설 『데뷔 못 하면 죽는 병 걸림』의 문대, 한민트 작가의 웹소설 『악녀는 두 번 산다』의 아르티제아, 『삼국지』의 제갈공명, 『왕좌의 게임』의 티리온 등 주·조연 할 것 없이 인기 있는 캐릭터가 바로 계략가입니다.

마을의 수호자

마을의 수호자는 자신이 속한 준거집단의 질서를 수호하고 그 집단을 와해시키려는 세력과 맞서 싸우며 결국엔 집단을 지켜내는 캐릭터를 말합니다. 이 준거집단이란 작게는 캐릭터가 속한 마을에 한정되지만 크게는 국가와 인류 단위까지 넓어질 수 있어요. 이재인 작가의 안전가옥 오리지널 『세련되게 해결해 드립니다, 백조세탁소』는 다니던 학교는 망하고, 부모님이 물려준 오래된 세탁소만 남은 은조가 고향 마을 여수로 내려와 좌충우돌 사건을 겪으며 초보 탐정으로 거듭나는 이야기입니다. 은조는 사랑하는 고향 마을 여수를 초토화하려는 악덕 부동산 개발 업자들에 맞서 마을을 수호합니다.

마을의 수호자는 드라마 『동백꽃 필 무렵』(2019)의 동백과 용식, 『갯마을 차차차』(2021)의 혜진과 두식처럼 코지 미스터리 혹은 코지 미스터리를 가미한 로맨스 장르 캐릭터로도 애용되는데요. 한편으론 규모가 큰 판타지 세계관의 주인공으로 자주 등장하는 캐릭터이기도 하답니다. 이우혁 판타지 소설 『퇴마록』의 현암과 박 신부 역시 마을의 수호자입니다. 주인공들이 스스로 가치 있다고 믿는 세계를 지키기 위해 외부 세력(각종 마물)과 맞서 싸우는 이야기니까요. tvN 무협 로맨스 『환혼』(2022)의 장욱 역시 마찬가지입니다. 자신이 속한 문파와 그 세계 질서를 지키기 위해, '환혼술'이라는 사술을 쓰는 적대 세력과 맞서 싸우죠. 그 와중에 이미 '환혼술'을 사용한 무덕이와 사랑에 빠지는 것이 캐릭터의 주요 딜레마로 작용하고요.

마을의 수호자가 어떤 모험을 할지는 그 스스로 상정한 마을(준거집단)의 크기에 따라 결정됩니다. 그리하여 이들은 소박하게 동네 영웅이 될 수도 있고, 대륙을 가로지르는 장대한 여정을 떠날 수도 있습니다.

{5}
시공간

'맹모삼천지교'孟母三遷之敎라는 고사성어, 한 번쯤 들어 보셨나요? 아들 맹자의 교육을 위해 맹자 어머니는 공동묘지, 시장, 공자를 모시는 사당 근처로 세 번이나 이사를 감행합니다. 환경이 교육에 얼마나 큰 영향을 미치는지, 자식을 위하는 어머니의 마음이 얼마나 간곡한지 등 여러 교훈 포인트가 있겠으나, 저에게 이 이야기는 어느 시점에 어떤 공간을 만들어야 목적하는 서사에 도달할 수 있는지를 보여 주는 좋은 일화처럼 느껴졌습니다. '맹자'라는 캐릭터가 위대한 유학자가 되는 것이 메인 스토리(!)라면, 이 캐릭터가 인생 초반을 보내야 할 곳은 다른 어디도 아닌 유학이 태동하던 고대 중국, 향

학열을 북돋울 수 있는 공자 문묘 근처여야 하겠죠.

사람은 언제, 어느 곳에 있느냐에 따라서 운명이 달라진다고 하죠. 세계관을 만들 때도 마찬가지입니다. 어떤 시간과 어떤 공간으로 세계를 설계하느냐가 중요한 이유는 바로 이 배경이 우리가 창조한 세계가 잘 작동하고 확장할 수 있도록 근거지 역할을 해 주기 때문입니다.

시공간은 세계관 설계 과정에서 비교적 이른 시점에 만들어집니다. 브레인스토밍을 하며 아이디어를 제안하는 첫 단계에서부터 만들어지기도 하죠(가령 '경성 시대물을 해 보고 싶은데요?' '한국전쟁을 배경으로 하는 ○○물 어때요?' 하는 식으로요). 시공간은 나중에 변경하려면 대공사가 일어나는 부분이라, 명확한 기준에 입각해 신중하게 고안할 필요가 있습니다. 그렇기 때문에 시공간을 설계할 때는 다음 부분을 꼭 유의하며 진행하려고 합니다.

왜 이때, 이곳인가
—개연성

유튜브 코미디 채널 『피식대학』은 10여 개의 대표 콘텐츠를 운영하고 있습니다. 한 콘텐츠에서 파생된 스핀오프 격 콘텐츠도 있고, 독립적인 개별 콘텐츠도 있는데요. 이 독립적인 콘텐츠도 다른 콘텐츠와 세계관이 느슨하게 연결된 경우가 많습니다. 「한사랑산악회」 멤버들인 김영남·정광용·이택조의 자녀들이 「05학번 이즈 백」 주인공인 김민수·정재혁·반유니라든가, 「로니 앤 스티브」의 등장인물 스티브 리와 로니 킴도 「한사랑산악회」 배용길의 아들, 김영남의 조카라는 식으로 연결돼 있죠.

「05학번 이즈 백」을 보면 카메라를 들고 유튜브를 찍는 관찰자 김민수는 현재 시점의 인물이지만, 영상에 담기는 출연 멤버들은 2000년대 초·중반 사람처럼 말하고 행동하죠. 이 점이 바로 유머 포인트입니다. 「05학번 이즈 백」의 목표는 과거 2000년대 초·중반 트렌드(Y2K 패션, 싸이월드 미니홈피, 귀여니 열풍 등)를 최신으로 여기는 캐릭터들이 그 트렌드를 진지하게 재현하는 모습과 그로 인해 매번 당황하면서도 그들 곁을 떠나지 않고 기를 쓰고 관찰하는 김민수를 통해 웃음을 자아내는 거예요. 『피식대학』 멤버들이 인터뷰에서 밝히길, 05학번을 주인공으로 2000년대 초·중반을 다룬 콘텐츠를 만든 이유는 극을 이끄는 멤버들이 실제로 05학번, 08학번이기 때문이라고 합니다. 옛 추억을 패러디

하는 콘셉트상 멤버들이 가장 잘 알고 가장 잘 구현할 수 있는 시기가 그들이 대학생이던 무렵이었던 거죠.●
그래서 이 콘텐츠는 2000년대 초·중반 당시 젊은이들이 밀집했던 공간인 명동 밀리오레, 신촌 등을 중심 배경으로 이야기가 펼쳐집니다. 직접 극을 쓰는 멤버들이 목표하는 바를 가장 잘 펼칠 수 있으려면 그들이 실제로 경험하고 관찰하여 가장 생생하게 구현할 수 있는 때와 장소를 택해야 했던 거죠.

「05학번 이즈 백」은 2019년 6월 첫 에피소드를 공개하고, 3년 만인 2022년 6월 평행 세계라는 새로운 시공간으로 이동합니다. 세계관이 확장된 셈인데요. 등장인물은 그대로이지만, 주요 무대가 경기 신도시로 바뀌었습니다. 「05학번 이즈 히어」라는 이 콘텐츠는 마치 「05학번 이즈 백」으로 대변되는 세상 무서울 것 없이 자신만만하던 그때 그 멋쟁이 친구들이 나이를 먹고 결국 어떤 인물이 되었는지를 보여 주는 듯합니다. 극 설정상 평행 세계를 무대로 하니 「05학번 이즈 백」에 나오는 캐릭터가 온전히 유지되는 건 아니지만, 같은 배우들이 연기하고 있어 분명 연결점이 있죠.

이들은 2022년 현재 사십 대 싱글 또는 기혼 남녀의

● 「SHOW TIME / 피식대학」, 『얼루어』 2022.04.26, 접속일 2023.04.10, https://www.allurekorea.com/2022/04/26/show-time-%ED%94%BC%EC%8B%9D%EB%8C%80%ED%95%99.

스테레오타입 캐릭터로 분해 지금 이곳의 생활상을 그려 냅니다. 사업을 하거나 직장에 다니고, 맞벌이를 하거나 외벌이를 하고, 결혼 또는 이혼을 한 상태이기도 하고, 마블 라이센스 캐릭터 모자와 마블 굿즈 액세서리로 자동차를 장식하고, 주말엔 경기도 아울렛에서 쇼핑을 하고, 2022년 월드컵을 응원하기 위해 다 같이 집에 모여 치킨을 뜯다가 2002년의 월드컵을 추억합니다. 처음엔 그저 웃으며 구경하던 저는 어느 순간 깨달았어요. 이 콘텐츠에 나오는 몇몇 묘사가 제 생활과 놀라우리만치 유사한 구석이 있다는 사실을요.

저처럼 생각한 사람들이 많았는지, 유튜브에는 '나와 내 주변의 모습이 그대로 담겼다'며 놀라워하고 몰입하는 댓글이 심심찮게 보입니다. 특히나 「05학번 이즈 백」에서 유입된 시청자들의 경우, 패기 넘치고 허세 가득했던 인물들이 세월이 흘러 세상의 단맛 쓴맛 다 겪고 '순한 맛' 기성세대가 된 모습에 짠한 마음이 드는 듯하고요. 제작진은 삼사십 대 타깃 층이 자기 일처럼 공감대를 형성하며 콘텐츠에 몰입할 수 있도록 수도권에 사는 평범한 사십 대 남녀의 특징을 엮어, 서로 비슷하면서도 다른 친구들의 세계를 또 하나 만들어 낸 것입니다. 그 목표를 위해 '2000년대 중반 명동'은 '2020년대 경기 신도시'라는 평행 세계로 대체되었고요. 2023년 3월 김민수 캐릭터가 「05학번 이즈 백」 세계관으로 또다시 이동한 것을 보면● 장차 두 세계를 오가며 극이 진행될 것 같습니다. 이 시리즈의 시공간이 앞으로 어떻게 확장될지 기대하며 지켜보고 싶습니다.

창작자는 작품의 시공간을 결정할 때 당연하게도 이야기의 주목적을 고려합니다. 안전가옥에서 출간한 이경희 작가의 『그날 그곳에서』는 근미래 해운대가 배경인 작품입니다. 주인공은 어린 시절 해운대를 덮친 쓰나미로 원자력발전소가 폭발해 거대한 재난을 맞이했고 그 일로 어머니를 잃었습니다. 이 이야기는 책의 「작가의 말」에서도 밝히듯 우리나라에서 벌어졌던 비극적인 사건을 기초로 만들어졌고, 서로를 잃은 두 사람이 다음 기회를 얻어 기어코 서로를 구해 내고 상처를 치유하는 과정을 담고자 한 것입니다. 이 목표를 달성하기 위해 작품의 무대는 근처에 원자력발전소가 있으며 쓰나미가 일어날 만한 바닷가이자, 전국에서 사람들이 몰려들어 인명사고가 더욱 커질 수 있는 휴양지 해운대로 낙점되었죠. 그리고 주인공이 목숨을 잃은 엄마를 구할 수 있도록, 타임리프 기술이 가능할 것으로 상정되는 미

● 『피식대학』 「05학번 이즈 백」 '형들이 돌아왔습니다;;;' 에피소드.

래 시점이 현재와 교차됩니다.

이야기의 배경이 왜 꼭 이 시점의 해운대여야 했을지에 관해, 작품 담당 프로듀서 윤성훈 PD의 구체적인 답변을 덧붙입니다.

> 첫 번째로 시각화에 적합한 SF를 위해 실존하는 장소가 필요했는데, 작가에게 가장 익숙한 장소이자 취재가 편한 곳이 해운대였습니다. 해운대 'savezone' 앞 삼거리와 해운대 해수욕장 바로 뒤편의 시장 골목길 등 2021년 기준 실제 지형, 입점 점포를 최대한 활용하여 리얼리티를 살릴 수 있었죠. 작품상으로는 2025년 초여름의 해운대로 재설정되었고요.
>
> 두 번째로 긴장감을 극대화하는 면에서 해운대라는 장소가 필요했습니다. 사건의 주요 배경이 되는 고리 원자력발전소는 사람들이 많이 붐비는 관광지인 해운대와 직선거리가 20-30킬로미터일 정도로 매우 가깝습니다. 현실에서는 절대로 그런 사고가 일어나서는 안 되겠지만, 픽션상으로 주요 인물과 사고 생존자들에게 평생 잊지 못할 상처가 되는 장소, 그 트라우마를 극복하기 위해 시간여행을 결심하는 장소로서 해운대가 필요했던 거죠.

시공간은 기후, 사상 등 세계를 구성하는 기조와도 굉장히 밀접하게 연관됩니다. 조지 R.R. 마틴의 『얼음과 불의 노래』를 원작으로 한 HBO 시리즈 『왕좌의 게임』을 떠올려 볼까요? 이 작품의 시즌1이 공개됐을 때, 사건 전개나 묘사가 매우 파격적이고 잔혹하리만치 거침없는 특징을 지닌 HBO 시리즈인 것을 감안하더라도 관객들은 큰 충격을 받을 수밖에 없었는데요. 시즌1 첫 화부터 관객이 애정을 갖게 되는 한 캐릭터가 무시무시한 사고를 당하고, 시즌1 엔딩에서는 그동안 마치 주인공인 것처럼 묘사되던 캐릭터가 무자비하게 살해당합니다. 『왕좌의 게임』 시리즈를 다 본 사람이라면 이 정도야 서막에 불과하다는 걸 알고 있을 겁니다. 그래서 이 드라마를 보다 보면 누가 죽는다 해도 어지간해선 충격받지 않게 돼요. 그 정도 마음가짐이 되어야 이 시리즈를 계속 볼 수 있기도 하고요. 작품 속 교훈이 '인간은 모두 죽는다' 아니냐는 우스갯소리가 있을 정도로 이 작품에서는 믿었던 사람의 배신과 음모, 살육에 가까운 처참한 죽음이 흔히 나옵니다.

실제 툰드라 지역에서 가까운, 극지방과 맞닿은 대륙을 공간적 배경으로 합니다. 한 계절이 몇 년씩 지속되곤 하는 불규칙한 계절 변화가 일어나는 곳입니다. 시간적 배경은 극 중 여러 가문과 영주가 등장하고, 그들끼리 충성하고 배반하기도 하는 복잡한 구도를 만들기 위해 역사 속에서 이와 유사한 정치 지형이 펼쳐졌던 중세가 연상되는 과거 어느 때입니다. 수십 년간 혹독한 겨울이 지속되고 '다른자'로 칭해지는 이異존재들이 다시금 사람들을 공격해 올 거라는 예언이 전해지는 가운데, 시즌1에서는 이 예언이 실현될 것에 대한 두려움이 극 전반을 지배합니다. 스타크 가문의 문장이자 세계 멸망의 시작을 암시하는 문장 "Winter is coming"(겨울이 오고 있다)이 이런 두려움을 압축하고 있죠. 그리고 후반부에는 정말로 예언이 실현되어 '다른자'가 빌런으로 등장하고요.

제작진은 이처럼 혹독한 겨울을 상징하는 외부 세력, 배신과 죽음이 난무하는 냉엄한 이야기의 기조를 위해, 추운 북쪽 지역을 극 초반 전면에 드러내며 주 무대로 활용한 것이 아닐까 싶습니다.

뻗어 나갈 가능성이 있는가
—확장성

이경희 작가의 또 다른 소설이자 '샌드박스' 시리즈 첫

권 『모래도시 속 인형들』은 근미래 평택 특별자치시가 배경입니다. 오늘날 실제로 주한 미군이 주둔하고 있는 평택 캠프 험프리스가 주한 미군의 철수 이후 기술규제 면제특구로 지정되었다는 가정 아래 출발하는 소설이지요. 이 작품 속 평택은 첨단 기술의 중심지이며 서울을 능가하는 거대 도시입니다. 혁신행정특례법이 제정되면서 중앙의 간섭을 받지 않는 자치정부가 들어온 상태이고요.

'샌드박스' 시리즈의 '평택'은 이경희 작가의 전작 장편 『테세우스의 배』 세계관에서부터 이어지는 배경입니다. 앞서 구현된 '평택 특별자치시'의 시공간이 그대로 등장해 이야기가 확장되고 있는 셈이죠.

재미있게도 안전가옥에서 출간한 소설 중 근미래 평택이 배경으로 나오는 작품이 또 하나 있습니다. 바로 윤이안 작가의 기후 미스터리 스릴러 『온난한 날들』인데요. 이 작품은 '매치업 프로젝트'라는 안전가옥의 창작자 선발 프로그램에 당선되어 기획안부터 작가와 PD 등이 함께 개발한 프로젝트입니다.

『모래도시 속 인형들』과 『온난한 날들』의 담당 스토리 프로듀서였던 윤성훈 PD로부터 두 평택은 어떻게 다른지, 왜 두 시공간이 근미래 평택이어야 했는지에 대해 답변을 들었습니다. 『모래도시 속 인형들』의 경우 한국의 사이버펑크는 서울 혹은 가상 도시를 배경으로 하는 경우가 많아서, 좀 더 색다른 재미를 확보하기 위해 서울이 아닌 곳, 지금으로부터 몇십 년 뒤 개발될 비어 있는 큰 땅을 가진 실제 도시라는 조건 아래 작가가 직접 평택을 찾아낸 것이라고 합니다. 더불어 평택에는 바다로 나아갈 수 있는 항구가 있고, 공항도 있습니다. '해외 주둔 미군 기지 중 단일 기지로 세계 최대 규모'인 캠프 험프리스는 30-50년 내에 북한과의 군사적 긴장감이 해소되면 사라질 장소이니, 만약 그때쯤 평택을 배경으로 하는 이야기를 만든다면 한발 늦을 수 있겠죠. '평택'은 눈 밝은 작가가 찾아낸 최적의 SF, 사이버펑크 장르 배경이라고 할 수 있습니다.

한편 『온난한 날들』은 '기후 미스터리'라는 장르에서 출발한 작품인데, 기획 단계부터 현재의 기후 위기로 환경이 변화한 신도시를 배경으로 삼고자 했다고 합니다. 이 과정에서 '에코시티'라는 기후 위기 관련 특혜 신도시 설정이 나왔으며, 그에 대한 구체적인 모델로 경기도 시흥의 배곧 신도시 등을 살펴보기도 했는데요. 결과적으로는 작가의 취재를 통해 평택으로 결정되었습니다. 평택은 경기도 최남단에 위치하며 SRT 정차 역이 있는 곳인 데 비해 가령 화성은 경기도에서 가장 큰 도시이지만 기차 정차 역이 없고, 동탄은 이미 너무 번화한 곳이라 10년 안에 새로운 신도시가 생기기 어렵다는 점도 고려되었습니다. 『모래도시 속 인형들』과 『온난한 날들』의 주 무대가 평택이 된 것은 순전히 우연이지만 어쩌면 나중에는 필연이 될지도 모르겠습니다.

『온난한 날들』 역시 『모래도시 속 인형들』과 마찬가지로 실제 도시를 배경으로 하고자 했습니다. 작품의 현실감이 중요했고, 그 때문에 대선 이벤트가 나오는 작중 시간대도 실제 한국의 대통령선거 시기인 2022년입니다. 이런 점이 반영된 시공간이라서인지 에코시티는 마치 실제 도시처럼 안정적으로 느껴지곤 합니다.

이야기 속에서 시공간이 적절하게 형성되면 이야기의 지속적인 확장이 수월해집니다. 어쩌면 시공간이라는 게 캐릭터보다 더 영속적일 수도 있어요. 캐릭터는 작품 내적으로 언젠가 죽거나 없어질 수 있고, 작품 외적으로 인기가 떨어질 수도 있거든요. 그러나 특정 시공간은 좀 더 가치중립적입니다. 그 시공간을 설계한 창작자의 의도가 따로 숨어 있다 하더라도요. 이런 시공간을 잘 설계해 둔다면 캐릭터가 바뀌어도, 시간이 흘러도 활용할 수 있습니다. 단적인 예로 『왕좌의 게임』에서는 수많은 캐릭터가 죽어 나가지만…… 7대륙은 굳건하게 남아 그 캐릭터들의 흥망성쇠를 모두 담고 있으니까요.

그림이 그려지나, 납득 가능한가 —완결성

M.D. 프레슬리는 저서 『판타지 팬과 작가를 위한 세계 설정』*Worldbuilding for Fantasy Fans and Authors*에서 '엄격한 세계 설정'과 '느슨한 세계 설정'에 대해 말합니다. 간단히 요약하면, 엄격하게 설정된 설계는 톨킨의 『반지의 제왕』에 나오는 대륙처럼 매우 촘촘하게 설계된 공간에 가깝다고 할 수 있습니다. 대륙의 위치, 넓이, 식생, 풍토, 언어, 민족 등 공간의 디테일뿐만 아니라 공간이 영향을 미치는 요소도 매우 세세하게 담고 있지요.

반면 느슨한 세계 설정은 상대적으로 느슨하게 시공간을 설계하는 걸 말합니다. 안전가옥 쇼-트 시리즈 가운데 김청귤 작가의 퀴어 러브 스토리 『재와 물거품』은 파도가 들이치는 바닷가 마을, 무녀와 인어가 존재하는 어느 과거로부터 이야기가 시작된다는 것 외에는 디테일한 시공간 설정을 하지 않고 있습니다. 이는 마녀와 무녀라는 존재들이 서로 사랑하고, 외부인들 손에 죽음을 맞고, 또다시 살아나 지독한 사랑을 하는 이야기에 온전히 집중하려는 전략이기도 합니다. 느슨하게 설정된 시공간은 캐릭터에 대한 몰입도를 높여 주고 오히려 세계를 상상하는 재미를 더해 주기도 하죠. 여백이 있을 때 더 많은 상상력을 발휘하는 인간 본능에 힘입어, 우리는 작가의 의도대로 혹은 작가의 의도를 뛰어넘어 세계를 확장합니다.

우리가 만들고자 하는 이야기가 어떤 이야기인지, 독자 혹은 관객이 집중해 줬으면 하는 부분이 캐릭터의 감정인지 캐릭터가 돌파하려는 사건인지 등에 따라 설계해야 하는 시공간의 디테일 범위가 달라집니다. 그렇기 때문에 무조건 촘촘한 설계가 좋은 것만도, 느슨한 설계가 허술한 것만도 아닙니다. 다만 무언가 있어야 하는데 없고, 없어도 되는데 있는 경우를 만들지 않도록 주의해야 하는데요. 이를테면 이런 거죠. '비인간 캐릭터들이 어딘가에 존재하면서 마치 인간과 같은 방식으로 생활하고 살아가는 세계'를 설계하고 싶다면, 이곳이 다른 행성인지, 지구 내 숨겨진 공간인지, 인간과의 교류가 전혀 없는 곳인지 아니면 가끔 교류도 가능한 곳인지, 캐릭터들이 활동하는 범위는 어디까지이며(국가 단위인지, 마을 단위인지, 사건이 벌어지는 공간은 어디서부터 어디까지인지), 문명은 어느 정도 발달했는지 등 시공간 단위로 챙겨야 할 것들의 목록을 먼저 체크해야 합니다. 그리고 이 가운데 극 중 사건에 필요한 내용을 논리적으로 연결해 세계의 모양을 갖춰야 하겠죠.

예컨대 이 캐릭터들이 외부 종족과 교류 없이 자신들끼리만 살아간다는 설정이라면, 인간과 교류할 수 있을 만한 시공간을 고려할 필요가 없습니다. 하지만 이異세계의 캐릭터들이 인간과 교류해야 하는 상황이라면 이종 간의 교류가 가능하게끔 시공간을 설정할 필요가 있죠. 이 경우 영화『아바타』에서처럼 먼저 엄정하게 공간을 설정하고, 그 공간으로 갈 수 있는 과학적 기반이 갖춰질 만한 시대를 설정할 수도 있고요. 아니면 느슨한 설정을 통해, 인간 캐릭터가 수상한 터널을 지나 이세계 캐릭터들과 만나게 될 수도 있습니다. 다시 한번 말하지만 느슨하다고 해서 허술한 이야기가 되는 건 아니에요. 미야자키 하야오의 애니메이션『센과 치히로의 행방불명』에서도 이런 방식으로 인간이 새로운 세계로 넘어가거든요.

중요한 것은 독자와 관객이 어떤 세계에 빠져들어 그 세계가 진짜 그럴싸하다고 느끼는 감각입니다. 결국 이야기 속 세계관이란 독자와 관객이 이 이야기에 최대한 위화감 없이 오래도록 머무르게 하기 위한 장치이니까요.

{ 6 }
톤 앤드 무드

비슷한 직업이나 비슷한 성격을 가진 캐릭터가 비슷한 시공간에 나오는 비슷한 설정인데도 분위기가 완전히 다른 작품들이 있습니다. 동일한 키워드 열 개를 던졌을 때, 100명의 머릿속에는 서로 다른 100가지 이야기가 떠오르는 것처럼요.

예컨대 천국과 지옥, 천사와 악마가 존재하는 세계를 만든다고 하면, 사건의 종류에 따라서 정말 다양한 이야기가 만들어질 겁니다. 넷플릭스 오리지널 시리즈 『굿 플레이스』는 '굿 플레이스'(천국)와 '배드 플레이스'(지옥)로 나뉜 사후 세계가 배경입니다. 주인공 엘리너는 죽어서 하늘나라에 가는데, 자신이 간 곳이 굿 플레이스라고 생각하며 생활합니다. 하지만 사실 그곳은 배드 플레이스이고, 악마들이 엘리너를 고문할 목적으로 배드 플레이스를 굿 플레이스로 속였던 거죠. 그리하여 엘리너가 같은 처지의 동료 세 명과 함께 진짜 굿 플레이스로 가기 위한 여정을 펼치는 것이 이 이야기의 주요 사건인데요. 시즌4 총 50화로 이루어진 이 시리즈는 시트콤답게 매화 허를 찌르는 유머가 흘러넘칩니다.

이와 비슷하게 천국과 지옥이라는 사후 세계관에서 지옥 대신 천국에 가고자 고군분투하는 주인공이 나오는데도, 전혀 다른 분위기를 띠는 영화가 있습니다. 미래에 자살해서 지옥에 갈 것을 이미 알고 있는 콘스탄틴은 세상에 존재하는 악한 것들을 퇴치하고 천국에 입성하고자 생고생을 합니다. 영화 『콘스탄틴』은 『굿 플레이스』와 유사한 시공간과 유사한 캐릭터의 목표를 담고 있지만, 여기서 주인공이 하는 행동과 주요 사건은 크게 다릅니다. 그리고 무엇보다도 『콘스탄틴』의 세계와 『굿 플레이스』의 세계는 전반적인 분위기가 완전히 달라요. 전자가 어둡고 냉소적인 세계라면, 후자는 기본적으로 밝고 텐션이 높으며 낙천적인 세계죠.

톤 앤드 무드는 세계의 분위기와 온도입니다. 바꿔 말하면 창작자가 세계를 바라보는 관점인 건데요. 이 세계관에 몰입하는 사람들이 근본적으로 어떤 심상을 느낄지, 어느 정도의 사건을 기대할 수 있는지가 상당 부분 톤 앤드 무드에서 결정됩니다. 특정 시공간과 특정 인물, 특정 사건이 마련됐다 해도 어떤 톤 앤드 무드로 방향을 잡느냐에 따라서 이야기가 흐르는 방향은 천차만별입니다. 관객들이 장르 영화를 볼 때 장르 관습에 따라 기대하는 바가 다르듯, 각 세계관의 톤 앤드 무드에 따라서도 수용자가 기대하는 세계의 감각이 달라집니다.

중요한 건 이 세계를 바라보는 관점은 현재보다는 미래 시점에 대한 관점이라는 것입니다. 누군가 가난은 현재의 굶주림이라기보다 '미래'에 대한 희망이 없음을 의미한다고 했는데요. 세계관에서 톤 앤드 무드도 마찬가지입니다. 어떤 세계가 지속된다고 했을 때 창작자가 미래를 어떻게 전망하는지 보여 주는 것이 톤 앤드 무드의 핵심이라고 할 수 있습니다.

다음은 대표적인 톤 앤드 무드의 종류입니다.

현실적

만들어진 세계의 모습이 현재를 사는 보통 사람들이 품고 있는 ('세계 설정' 말고 '세계를 보는 관점'이라는 의

미의) 세계관과 세계 감각에서 크게 어긋나지 않는 톤 앤드 무드입니다. 현실과 동떨어진 시공간, 현실 세계에 존재하지 않는 독특한 사건이 극에서 펼쳐진다 하더라도 기본적으론 현실 세계와 크게 다르지 않은 정서 및 감각이 환경을 지배하죠. 그래서 미래에 대한 전망, 사건에 대한 대응 방식도 현재적인 관점에서 보이는 것과 유사합니다.

히어로물 중에서는 '스파이더맨' 시리즈를 예로 들 수 있겠네요. '스파이더맨' 시리즈의 무대는 히어로들이 존재하는 가상 세계이긴 하지만, 전체적인 분위기는 일상적이고 평범합니다. DC 코믹스를 원작으로 하는 CW 시리즈 『플래시』에서도 주인공 베리가 어머니의 죽음과 진범 찾기, 갑자기 얻게 된 초인적 스피드, CSI라는 직업 세계 등 다양한 사건을 마주하지만 기본적으로 현실적인 인간의 감각을 잃지 않습니다.

안전가옥 작품 중에서는 윤이안 작가의 『온난한 날들』과 민지형 작가의 『망각하는 자에게 축복을』을 예로 들 수 있겠어요. 기후 미스터리 『온난한 날들』은 앞 장에서 설명했듯 현실감이 중요한 작품이었습니다. 그래서 주인공이 식물의 사념을 듣는다는 판타지 설정과 근미래 에코도시라는 SF 설정이 있지만, 마치 지금 내 이웃에서 벌어지는 일을 목격하는 느낌이 들게끔 현실적인 톤 앤드 무드를 유지합니다. 『망각하는 자에게 축복을』은 근미래에 기억을 재생할 수 있는 특수한 기기를 둘러싸고 펼쳐지는 살인 사건 추적기로, 일종의 'SF 혐관(혐오관계) 버디 스릴러'라 할 수 있는데요. 역시 미래를 배경으로 한 설정이 나오지만, 사건을 질주하는 두 주인공의 관계와 감정, 그리고 '기억'이라는 소재를 통해 현재를 바라보려는 작가의 목표가 중요한 작품인 만큼 전반적으로 현실적인 분위기 속에서 극이 진행됩니다.

현실적인 톤 앤드 무드를 지닌 세계의 가장 큰 장점은 독자와 관객이 그 세계에 쉽게 빠져들 수 있게 해 준다는 것입니다. 새로운 세계가 소개되고 독자나 관객이 그 세계를 숙지해야 할 때, 너무 극단적인 분위기가 풍긴다면 아무래도 그 세계가 조금 생경해 보이기 마련입니다. 현실적인 톤 앤드 무드는 새롭게 주어진 세계가 현재 우리가 살고 있는 세계와 크게 다를 바 없다는 감각을 전파합니다. 그래서 편안함을 제공하는 동시에, 다소 신선한 설정들과도 무리 없이 섞여 들 수 있는 것이죠. 새로운 세계관을 만들 때 부담 없이 사용할 수 있는 장치가 바로 현실적인 톤 앤드 무드입니다.

비관적/냉소적

대중 서사란 대부분 현실적이지 않은가요? 네, 맞습니다. 그렇지만 세계에 대해 비관적이고 냉소적인 톤 앤드 무드를 유지하는 작품도 꽤 있습니다. 이것은 작품 내용이 비극적으로 끝난다는 것과는 다른 이야기입니다. 비극은 작품의 톤 앤드 무드와 상관없이 얼마든지 사건으로서 발생할 수 있습니다. 지금 말하는 비관적/냉소적 톤 앤드 무드란 세계의 '미래'가 앞으로 더 나아질 거라는 기대감이 없는 전반적인 분위기를 의미합니다. 실제로 망했다기보다는 '망해 가고 있다'는 기운을 만들어 나가는 톤 앤드 무드라고나 할까요.

『왕좌의 게임』을 대표적인 예시로 들 수 있겠는데요. '인간은 모두 죽는다'라는 명제를 굳이 작품을 통해 증명하겠다는 듯, 세상 그 누구도 주인공이 될 수 없다는 명제를 천명이라도 하듯 캐릭터에 정이 들만 하면 죽여 버리는 세계가 바로 『왕좌의 게임』 세계입니다.

히어로물에서는 아마존 프라임 시리즈 『더 보이즈』를 얘기하지 않을 수 없네요. 『더 보이즈』의 세계는 지독히 현실적이라서 더 비관적인 세계입니다. 이 세계의 히어로들은 엔터테인먼트 업계의 연예인처럼 카메라 앞에서는 영웅의 모습을 유지하지만, 카메라 밖에서는 살인·마약·성범죄 등을 서슴지 않고 일으키며 죄의식도 없습니다.

마거릿 애트우드의 소설 『시녀 이야기』는 '만약 여성이 더 이상 아이를 낳을 수 없게 된다면?'이라는 가정을 힘 있게 밀어붙이는 디스토피아물입니다. 현실에서 차별받는 여성들의 처지를 어느 순간 극우화된 근미래라는 설정으로 치환해 그려 낸 이 작품은, 작가의 현재적 근심을 묵시록적인 세계로 구현해 독자들의 기분을 섬뜩하게 합니다.

비관적인 톤 앤드 무드는 아포칼립스, 포스트 아포칼립스 등을 그리는 디스토피아물과 하드보일드 스릴러, 사이버펑크 장르에서 주로 나타나는 태도로, 미래에 대한 작가의 근심이 톤 앤드 무드라는 스타일로 녹아들어 가 있습니다.

낙관적/긍정적

이와 정반대로 낙관적이고 긍정적인 톤 앤드 무드를 유지하는 세계관도 존재합니다. 앞서 예로 든 『굿 플레이스』의 경우, 지옥에 떨어진 주인공 엘리너와 친구들이 악마들의 계략 때문에 괴롭힘당하고 천국으로 가는 길에 훼방을 받는 사건이 자주 등장하지만, 기본적으로는 경쾌하고 유쾌한 톤을 유지합니다. 극을 보다 보면 주인공 일행에게 근본적으로 중요한 부분은 훼손되지 않을 것이며, 심지어 악마조차도 관객들이 견디기 어려울 정도의 악한 짓은 하지 않을 것이라는 믿음이 생기죠. 그래서 이런 긍정적인 톤 앤드 무드는 독자들이 캐릭터에 보다 안전하게 몰입할 수 있도록 해 준다는 장점이 있습니다.

『이상한 변호사 우영우』의 세계를 떠올리면 좀 더 쉽게 이러한 톤 앤드 무드를 이해할 수 있습니다. 천재 변호사 우영우는 자폐 스펙트럼 장애를 가지고 있습니다. 우영우가 뛰어난 변호사임과 별개로, 현재 사회에서 자폐 스펙트럼을 가진 사람에 대한 편견과 반응을 생각할 때 이 작품 속 인물들은 우영우에게 대부분 이상적으로 관대한 편입니다.

위기의 순간(주로 법정에서 상대방과 변론 공방을 펼치는 순간 혹은 로맨스 국면의 위기) 우영우의 장애가 말 그대로 장애물이 될 때도 종종 있지만, 우영우가 대면하는 사람들과 우영우를 둘러싼 세상은 기본적으로 현실의 세태에 비해 예의바릅니다. 우영우가 자폐 스펙트럼으로 무례한 대접을 받는다거나, 사건 외적으로 지나치게 곤란을 겪는다거나 하는 일은 이 세계에서 비중 있게 조명되지 않습니다. 작품 자체가 그런 톤 앤드 무드로 설정되지 않았으니까요. 극 중 특정 시기에 우영우를 함정에 빠뜨리려 하는 동료 권민우조차 우영우의 약점으로 잡은 건 자폐 스펙트럼 장애가 아니라 출생의 비밀이었죠.

긍정적인 톤 앤드 무드의 세계는 시간이 지나면 밝은 미래, 좀 더 진보한 미래가 올 것이라는 가치관이 투영된 세계입니다. 주인공은 선천적인 약점 때문에 좌절하지 않으며, 위기와 갈등 상황이 일어난다 해도 그건 주인공의 성장을 위한 시련이지 주인공을 완전히 부숴버리는 유의 위험이 아닌 것입니다.

김여울 작가의 귀엽고 진취적인 히어로물 『잘 먹고 잘 싸운다, 캡틴 허니 번』이 이 사례에 잘 어울리겠는데요. 주인공인 세계 랭킹 1위 히어로 지영은 늘어나는 몸무게만큼 능력도 비례해서 늘어나는 체질을 지녔습니다. 그러나 대중들과 남성 동료 히어로들은 지영의 강력한 힘을 존중하기보다 무거운 몸무게를 비웃는 데 혈안이 돼 있고, 심지어 아버지조차 지영에게 다이어트를 권하며 가스라이팅을 일삼습니다. 이런 판국에 지영은 여성 동료 히어로들에게 닥친 위협에 맞서 싸우는데요. 온

갖 역경에도 불구하고 주인공이 시종일관 경쾌하고 밝은 톤을 유지하며 세상에 맞서는 까닭에, 끝까지 읽고 나면 산뜻하고 진취적인 기분이 가득 채워진답니다.

SF 하위 장르인 사이버펑크가 어둡고 염세적인 세계관을 그리고 있다면, 솔라펑크solarpunk는 상대적으로 밝은 비전을 그린다고 할 수 있습니다. 디스토피아를 주로 담아 내는 사이버펑크와 달리, 솔라펑크는 태양에너지로 대표되는 지속 가능한 재생에너지, 친환경 기술 등을 통해 유토피아로 발전한 미래를 꿈꿉니다. 그 긍정적인 비전이 톤 앤드 무드로 반영되고요.

복고적

복고적 세계관은 기본적으로 노스탤지어에 기반합니다. 지난 시절에 대한 애수 어린 그리움이 이 세계관의 기본 정조인데요. 과거의 한 시점을 다시 재현한다든지, 그 시대의 특정 요소를 새로운 세계에 이식하는 방식으로 세계를 구현하는 거죠. 세계의 기초가 이렇듯 향수를 자극하는 요소들로 구축되기 때문에 복고적인 세계의 주 정서는 과거에 대한 아련함과 안온한 추억입니다.

대표적인 예로 tvN 드라마 '응답하라' 시리즈를 들

수 있을 것 같네요. 『응답하라 1997』 『응답하라 1994』 『응답하라 1988』 등 드라마 제목으로 미루어 짐작할 수 있듯 이 시리즈는 과거의 향수를 적극 소환하는 방식을 취합니다. 당시 유행했던 음악, 선호하거나 선망했던 인물, 과거에는 평범한 물건이었으나 현재에 와서 레트로풍 인테리어 소품으로 재평가할 수 있는 제품들, 이제는 볼 수 없는 집 구조나 동네 풍경, 생활양식 등이 등장인물 또는 사건만큼이나 주요한 볼거리가 됩니다. 이러한 요소가 시청자로부터 뜨거운 사랑을 받아 많은 화제가 되었죠.

물론 과거를 배경으로 하는 작품이라고 해서 전부 복고적인 톤 앤드 무드를 갖춘 건 아닙니다. 그토록 많은 시대극이 전부 배경이 되는 시대에 대한 그리움의 정조에 집중하는 건 아니니까요. 만약 복고적인 톤 앤드 무드를 조성하고 싶다면 배경이 되는 시공간과 당시의 기술 및 제품 같은 특정 부분에 집중해 적절한 환상을 불러일으켜야 합니다. 그렇게 소수의 요소에 집중하지 않고 좀 더 거시적인 관점에서 시대를 조망하게 되면, 사람들이 그 시대의 실체와 가까워지기 때문에 복고적인 감상에 젖기 어렵습니다. 좀 더 냉정하게 그 시대를 바라보게 되겠죠. 그래서 복고적 세계관을 만들 때는 집중해야 할 특정 부분 외의 다른 부분들은 선택적으로 감추거나 농도를 조금 희석해 다루기도 합니다.

이런 점은 창작자가 매우 고심해서 섬세하게 접근해야 하는 지점입니다. 가끔 시대극과 퓨전 사극 등에서 고증에 맞지 않는 장면이 나온다든지, 배경이 되는 시대의 중요한 역사적 사건이 축소되거나 그 사건으로 일어난 파급 효과가 생략될 때, 시청자들의 팽팽한 찬반양론이 펼쳐지기도 하죠. 이 문제에 대한 해답이 하나만 있는 건 아닐 테지만, 저의 경우엔 프로듀서로서 현재가 아닌 다른 시공간을 배경으로 이야기를 만들 때 '왜 이 작품은 다른 어느 때도 아닌 그 시대, 그곳의 이야기를 하는가'에 대한 대답을 놓치지 않으려고 합니다. 어느 특정 시기의 특정한 분위기를 다룰 때마다 이 부분을 꼭 염두에 두어야, 진짜 하고자 하는 이야기가 톤 앤드 무드에 잡아먹히는 일이 일어나지 않을 것입니다.

한편 SF 창작자들은 이 복고적인 정조를 유지하면서도 미래를 향해 달려가곤 합니다. 일반적으로 SF는 과학 문명이 현재의 기술을 뛰어넘어 고도로 발달한 미래 사회의 모습을 그리는 것으로 여겨지지만, 어떤 SF 장르는 특정 시기의 기술과 문명이 사멸하지 않고 지속된다는 설정 아래 연속적으로 발전한 미래상을 그립니다. 산업

혁명 시기의 증기기관을 그대로 간직한 채 발전된 미래를 그리는 스팀펑크(가령 『신비한 바다의 나디아』, 『스팀보이』), 근대 문명인 디젤기관을 바탕으로 하는 디젤펑크가 대표적이죠. 그리고 요즘엔 어느덧 1980년대도 먼 과거가 되어 카세트, IBM 컴퓨터 등 1980년대의 상징적인 기술과 제품이 사라지지 않은 미래를 그리는 카세트 퓨처리즘이 인기를 얻고 있습니다. 이러한 장르들을 통칭해 레트로 퓨처리즘, 복고적 미래주의라고 부르기도 합니다.

SF에 복고적 관점의 톤 앤드 무드가 더해지면 우선 수용자들은 이 세계를 덜 '차갑게' 인식하게 됩니다. 사건이나 배경이 다소 낯설지라도, 내가 겪은, 혹은 내가 과거로 인식하는 오래된 것들이 꽤 쓸모 있게 그 공간에 자리하고 있을 때, 사람들은 심리적 안정감을 느끼죠. 1989년 개봉 당시에도 선풍적인 인기를 끌었고 지금도 뉴트로 열풍 속에 여전히 힙한 영화 『백 투 더 퓨처2』는 펩시콜라, 하늘을 나는 스케이트보드, 3D 죠스 등 당시 유행했던 상품과 문화, 엔터테인먼트의 영속 혹은 발전을 적재적소에 녹여 매력적인 미래 모습을 창출했습니다.

또 다른 예로는 애플 TV 시리즈 『세브란스: 단절』을 들 수 있습니다. 근미래에 사는 주인공 마크는 모종의 이유로 어떤 시술을 통해 회사에 출근하면 기억을 완전히 잃고 회사원 자아로 살아가며, 퇴근 후에는 회사에서의 기억을 완전히 잃고 또 다른 자아로 살아가고 있습니다. 그가 다니는 회사의 꽤 많은 사람이 비슷하게 살아가고 있죠. 이렇게 삭막한 근미래 풍경 속에 회사 사람들이 사용하는 하얀색 CRT 모니터는 흡사 IBM 컴퓨터를 연상케 해 낯설면서도 조금은 유머러스하기까지 합니다. 그와 더불어 이런 장치는 고도로 발달한 미래 사회에 대한 불안감을 잠재우는 역할도 하죠. 우리가 익숙하게 알고 좋아했던 것들은 시간이 흘러도 남아 있을 것이라는 믿음 속에서요. 그 대상은 물질이 될 수도, 정신이 될 수도 있습니다.

레트로 퓨처리즘을 누구보다 사랑하는 안전가옥 임미나 스토리 PD는 이런 '익숙한 것과 낯선 것의 로맨틱한 공존'이 레트로 퓨처리즘의 매력이라며 다음과 같은 얘기를 해 주었습니다.

> 2022년 말 공개되어 크게 흥했던 뉴진스의 「Ditto」(디토) 뮤직비디오가 Y2K 감성을 적절히 활용했듯이, 레트로 퓨처리즘은 이전 시대의 소품을 그대로 가져오지 않고 SF적인 소재와 섞어 더 멋지고 힙하게 재해석하는 것을 말해요. 인간의 뇌는 지루한 것도 싫어하지

만 너무 새로운 것만 있어도 받아들이기 어려워합니다. 그런 면에서 레트로 퓨처리즘은 독자나 관객을 낯선 SF의 세계관 속에 빠르게 몰입시킬 수 있는 세계관으로 보입니다. 이를테면 누구나 한 번쯤은 (이미지라도) 접했을 구식 다이얼 전화기로 우주의 외계인과 통화를 하는 식인 거죠. 레트로 퓨처리즘은 과거의 향수를 불러오는 요소가 독자를 멜랑콜리하게 만들면서도, 미래주의 서사의 특성이 접목되어 흥미를 불러일으킨다는 점에서 몹시 매력적인 세계관입니다.

복고적인 톤 앤드 무드에서 무엇보다 중요한 것은 앞서 말했듯 다른 정서와 마찬가지로 '왜 이것을 사용하려 하는가?'입니다. 그에 따라서 과거의 향수를 강조할 수도, 미래에 보고 싶은 가치를 강조할 수도 있습니다.

주의할 점

지금까지 톤 앤드 무드를 분류해 소개했습니다만, 당연히 하나의 세계가 하나의 톤 앤드 무드만을 100퍼센트 가지고 있으란 법은 없습니다. 주된 톤 앤드 무드에 다른 보조적인 무드가 섞이기도 하고, 세계관이 방대한 시리즈의 경우 후속 편이나 리부트가 나올 때 필요에 따라 톤 앤드 무드가 달라지기도 합니다.

DC 코믹스를 영상화한 '배트맨' 시리즈가 대표적인 예인데요. '배트맨' 시리즈 중 첫 컬러 영화인 1966년작 『배트맨』은 다채로운 색채와 캐릭터들의 과장된 연기, 양지에서 활약하는 히어로라는 설정 등으로 밝고 유쾌한 톤 앤드 무드를 형성했습니다. 그런데 1985년 팀 버턴이 연출을 맡은 『배트맨』에서는 팀 버턴 특유의 어둡고 환상적인 색채가 두드러졌죠. 팀 버턴의 다른 영화 주인공들처럼 사람들 앞에 자기 모습을 드러내길 꺼리는 내향적인 브루스 웨인의 어두운 이미지는 이 작품에서 꽤 큰 비중을 차지하고요.

시간이 흘러 크리스토퍼 놀란의 『배트맨 비긴즈』 『다크 나이트』 『다크 나이트 라이즈』 트릴로지에서는 현실적인 톤이 부각됩니다. 이미 사람들에게 깊이 각인된 '팀 버턴의 배트맨'과 사람들에게 석연치 않은 기억을 안겼던 '조엘 슈마허의 배트맨' 중 어느 것에도 속박되고 싶지 않았던 놀란은, 불투명한 미래 속에서도 한 줄기 희망의 빛이 보이는, 바로 그 세상을 만들어 냅니다. 그것이 놀란이 지금 시점에서 미래를 바라보는 톤 앤드 무드일 테고요.

{ 7 }
설정

이 장에서 이야기할 것은 세계관 설정에 관한 내용입니다. 서사 콘텐츠에서 세계관을 만든다는 건 우리가 사는 현재 세계와 어떤 의미로든 다른 특정한 틀을 만드는 것을 의미합니다. 현실 세계와 같은 '설정값'과 '규칙'을 가지고 있다면, 그걸 굳이 세계관이라는 말로 일컬을 필요가 없을 테니까요. 새로운 세계를 설정할 때 고민의 출발점을 저는 다음과 같이 생각합니다.

What if

현실 세계와는 다른 새로운 세계를 상상할 때, 그 시작점에서 '만약 ~한다면 어떨까?'라고 가정해 봅시다. 새롭게 만들 세계의 법칙에 대한 약속을 궁리해 보는 거죠. 이 가정, 즉 'What if'는 독자와 관객들이 의심 없이 믿고 따라가야 하는 대전제입니다.

예컨대 영화로도 만들어져 크게 히트한 주호민 작가의 웹툰 『신과 함께』는 '만약 죽은 자들의 영혼이 저승에서 재판을 받는다면?'이라는 가정에서 출발합니다. 이 작품을 즐기고 싶다면, 평소 인간의 삶과 죽음에 대해 어떤 철학을 가지고 있든 이 작품을 보는 동안만큼은 '사후 세계가 어디 있고 저승사자가 웬 말이냐, 죽으면 다 끝이다'라는 생각을 잠시 접어 둬야 한다는 거죠. 이 말은 곧 창작자 입장에서는 작품의 가정을 독자와 관객에게 이해시키는 일이 무엇보다 중요하다는 뜻이기도 합니다. 독자와 관객이 현실에선 믿을 수 없는 전제라 해도, 이야기의 경우엔 이 가정을 흔쾌히 받아들일 수 있어야 계속 이어지는 새로운 세계로 편히 진입할 수 있습니다.

현실에서는 불가능하지만 사람들이 한 번쯤 상상해 봤던 일, 낯선 상상일지라도 사람들 다수의 호기심을 자극하는 일, 사람들의 근원적인 욕망과 두려움을 건드리는 일이 무엇인지 고민해 보고 가정을 설계한다면 독자와 관객은 좀 더 쉽게 이 가정을 받아들일 수 있을 것입니다.

방금 말했듯 『신과 함께』는 사후 세계의 이야기를 다루고 있습니다. 죽음은 사람들의 근원적인 공포이자 영원한 미지의 영역입니다. 사람이 죽으면 어떻게 되는지, 사후 세계가 있다면 천국과 지옥은 어떤 모습일지, 나는 어디로 가게 될지 같은 상상은 사람들이 살면서 아마도 몇 번씩 해 보았을 것입니다. 죽음이라는 두려움을 이기기 위한 인류의 오랜 소망이 담긴 상상이기도 하고요. 그 때문에 사람들은 아마도 커다란 거부감 없이 『신과 함께』의 전제를 받아들일 수 있을 겁니다.

『밤에 찾아오는 구원자』라든지 '수키 스택하우스' 시리즈, '트와일라잇' 시리즈에 보이는 '뱀파이어와 인간이 함께 살아가고 있다면?'이라는 가정, 『X-파일』 『맨 인 블랙』 『기이현상청 사건일지』에 보이는 '요괴, 기이, 외계인을 추적하는 국가 기관이 있다면?'이라는 가정은 인간 외의 미지의 존재에 대한 호기심 혹은 기대와 더불어 그들과 함께 살아갈 세상을 그리는 낭만적인 세계관에 바탕을 두고 있습니다.

인간이 아닌 존재와의 공존이 현실과는 조금 동떨어진 판타지에 기반한 세계관이라면, 과학기술의 발전으로 변화한 사회를 가정하는 세계관은 언젠가 닥칠지도 모를 어떤 미래에 대한 기대와 두려움을 담고 있지요. 이런 가정은 SF 서사 콘텐츠에서 특히 자주 쓰이는데요. 소설 『망각하는 자에게 축복을』은 '기억을 생생하게 재생하는 기계가 발명된다면?'이라는 가정에서 출발합니다. 다양한 욕망을 가진 사람들이 이 기계를 통해 얻은 기억을 어떻게 사용하는지, 이 기계의 서버를 손에 쥔 거대 집단은 어떤 식으로 기억을 이용하는지 그리고 이 틈바구니에서 개인은 어떤 선택을 할 수 있는지……. 이 작품은 미래에 있을 법한 새로운 기계를 하나 상정함으로써 꼬리에 꼬리를 무는 사건을 만들어 나갑니다.

또 다른 가정을 예로 들자면 '복제 인간'이 있습니다. 대표적으로 가즈오 이시구로의 소설 『나를 보내지 마』는 '인간의 장기를 대체하기 위한 클론 학교가 존재한다면?'이라는 가정이 반전으로 작용하는 작품인데, SF에서 종종 다루는 복제 인간(클론)을 소재로 하면서 이들을 대량으로 길러 내는 멀쩡한 학교가 존재한다는 설정을 통해 서늘한 충격을 줍니다.

『나를 보내지 마』와 유사하게 무언가의 대체품이 되는 '인간'이라는 문제의식이 다크 판타지 세계관과 맞물려 만들어진 세계는 애니메이션 『약속의 네버랜드』

에서 볼 수 있습니다. 여기서는 『나를 보내지 마』의 주인공들보다 연령대가 낮은 아이들이 보육원에서 행복하게 지내고 있고, 이들을 따뜻하게 보살피는 '마마'가 있습니다. 이들 중 똑똑한 아이들은 특정 연령이 되면 입양을 가게 되어 다들 공부도 열심히 하는데요. 사실 그들은 입양을 가는 게 아니라 식인귀들의 먹잇감으로 차출되는 것입니다. 이 보육원은 식인귀의 먹잇감을 기르는 농장인 셈이죠.

식인귀나 클론을 동원하지 않더라도, 인간의 존엄이 무너지는 위협적인 상황에 노출시켜 극단적인 공포를 자극하는 가정을 만들 수 있습니다. 목숨 혹은 목숨과 맞바꿀 수 있는 돈이나 계급 등을 이유로 주인공이 배틀에 뛰어든다는 가정이죠. '만약 목숨이 걸린 데스 게임으로 인생을 역전할 수 있다면?'은 수많은 '데스 게임' 장르의 전제가 되었습니다. 『오징어 게임』『헝거 게임』『300』『도박묵시록 카이지』 등은 최악의 궁지에 몰린 사람에게 승자 독식의 어마어마한 보상을 약속하는 좁은 길을 제시합니다. 현대 자본주의 사회를 살아가는 사람이라면 한 번쯤 접해 보거나 상상해 본 공포와 동경이죠.

세계의 작동 규칙 만들기

가정을 통해 세계의 전제와 기본 틀을 만들었다면, 그다음으로는 이 세계를 작동시키는 규칙이 필요합니다. 이 세계에 등장하는 주요 인물, 집단, 장소, 핵심 개념 등을 정의하고 그 규칙을 만들 차례죠.

『신과 함께』를 다시 예로 들자면 이곳은 '만약 죽은 자들의 영혼이 저승에서 재판을 받는다면?'이라는 가정으로 기본 틀이 세워진 세계입니다. 그렇다면 이제 '저승에서 재판'이 어떤 식으로 진행되는지를 설계하고 저승의 제도와 이를 수행할 담당자를 만들어야 하는 거죠.

『신과 함께』의 세계관에서 저승의 재판은 '저승 법'에 따라 이루어집니다. 모든 인간은 사후 49일 동안 일곱 개의 지옥에서 7일씩 일곱 번의 재판을 거칩니다. 인간을 저승으로 데리고 가야 하니 염라국 소속의 '저승차사'가 존재하고, 형식적으로나마 '저승 입국 동의서'도 써야 하죠. 저승시왕이 판사라면, 변호사도 존재합니다. 생전에 남들을 위해 쓴 돈에 따라 선임할 수 있는 변호사도 달라지는데요. 돈을 많이 쓰지 않은 사람들에게는 국선변호사가 제공됩니다. 일곱 개의 지옥에선 각 시왕이 '살인' '나태' '거짓' '불의' 등 자신의 전문 분야에 집중하여 재판을 합니다. 만약 각 단계를 넘어가지 못하면 인간은 각 지옥에 해당하는 곳으로 떨어져 끔찍한 고통을 겪게 되고요.

『밤에 찾아오는 구원자』는 '뱀파이어와 인간이 함께 살아가고 있다면'의 세계입니다. 이 가정에서 궁금한 부분을 채워 주어야 세계가 작동할 수 있습니다. 뱀파이어와 인간이 함께 살아가곤 있지만, 이들의 평소 동선은 잘 겹치지 않습니다. 왜냐하면 뱀파이어는 살아 있는 인간을 함부로 사냥하면 안 된다는 세계의 규칙이 있기 때문이죠. 하지만 어디든 일탈하는 존재는 있기 마련이고 그런 뱀파이어를 잡는 헌터 조직이 있습니다. 최소 2인 1조로 움직이면서, 죽음의 직접적인 원인을 제공한 뱀파이어만 죽일 수 있는 헌터 조직의 운영 방식, 피부가 타는 낮에는 활동하지 못하고, 붉은 십자가를 상징으로 삼으며 홀로 활동하는 뱀파이어의 생활양식 등이 이 세계의 규칙으로 만들어져 있습니다.

세계의 작동 규칙을 만들 때 유의해야 할 점 중 하나는 '한계'를 잘 설정해야 한다는 것입니다. '한계'를 잘 설정해 두면, 필요한 상황에서 적절한 위기와 긴장을 만들 수 있습니다.

캐릭터의 한계

우선 캐릭터의 한계는 캐릭터 역할의 한계와 능력의 한계로 나눌 수 있습니다. 역할의 한계는 '신'으로 설정된 캐릭터가 '인간사'에 직접적으로 개입을 하면 안 되는 등의 설정을 일컫습니다. 『신과 함께』에서 저승차사는 아무리 안타깝게 죽은 인간을 만난다 해도 그 인간을 이승으로 돌려보내면 안 되죠. 저승차사의 역할은 죽은 영혼을 무사히 사후 세계까지 데려다주는 일이니까요.

능력의 한계는 슈퍼히어로를 생각해 보면 쉽습니다. 안전가옥 앤솔로지 『슈퍼 마이너리티 히어로』에 수록된 범유진 작가의 「캡틴 그랜마, 오미자」를 예로 들어 볼까요? 작품 속 주인공 오미자 할머니는 평생 문맹이었으나, 동네 한글 교실에서 한글 공부를 다 마친 어느 날 종이에 무언가를 쓰면 그대로 이루어지는 능력을 얻게 되는데요. 하지만 오미자가 쓰는 모든 글이 다 현실로 이루어지는 건 아닙니다. 일단 죽은 사람을 살리진 못합니다. 아픈 사람을 낫게 할 순 있지만 그 효과가 영원히 지속되진 않고요. 돈, 날씨 등에 대해서도 오미자가 발휘할 수 있는 능력엔 한계가 있습니다.

캐릭터가 어느 정도까지 힘을 발휘할 수 있는지, 어떨 때 힘을 쓰지 못하는지 혹은 부여받은 힘이 어떨 때

사라지는지 등 능력의 한계를 정해 두지 않으면 캐릭터는 그야말로 한계 없이 어떤 행동이든 할 수 있게 됩니다. 그리고 필요에 따라 일관성 없이 능력이 축소되거나 소멸될 수도 있죠. 그렇게 되면 세계의 균일성이 깨져 이야기의 긴장감이 사라지는 것은 물론, 작품과 수용자 사이의 신뢰도 깨질 수 있습니다.

주요 개념의 한계

주요 개념 역시 한계가 필요합니다. 가령 타임리프물이라면 시간 이동이 몇 번이나 가능한지, 얼마나 먼 과거까지 갈 수 있는지, 못 돌아오는 경우는 없는지, 타임리프를 할 때 세계와 인물에 변화나 타격은 없는지 등, 상황이 순조롭지 않게 돌아갈 만한 한계 지점이 미리 설계되어야, 이 한계에서 오는 문제를 돌파할 방법을 미리 고민해 작품에 녹여 낼 수 있겠죠. MCU 세계관에서 우주를 관장하는 물질인 '인피니티 스톤'은 무한한 힘을 가진 것으로 묘사되지만, 이 스톤을 사용하는 사람의 능력에 따라 그 파워가 천차만별인 것으로 한계가 설정돼 있습니다.

연결 짓기

세계를 이루는 대전제와 세부 규칙 외에 또 중요하게 신경 써야 할 부분은 세계 속의 각 요소를 연결 짓는 일입니다. 주요 인물들을 만들었다면, 이 인물들의 관계를 설정해야 합니다. 이들이 서로 좋아하는지 싫어하는지, 애증의 관계인지, 서로에게 어떤 의미인지, 서열이 있는지, 능력치의 우열이 있는지 등의 설계가 필요해요.

MCU에서 아이언맨과 캡틴 아메리카는 처음엔 서로 싫어하는 사이였지만 어벤져스 결성 후 친해졌다가 『캡틴 아메리카: 시빌 워』에서 '슈퍼히어로 등록제'를 두고 서로 반대파에 서서 싸우게 되죠. MCU의 미워할 수 없는 악역 로키는 처음에는 형을 동경하고 질투하는 질풍노도의 사춘기 소년 같은 캐릭터로 토르와 갈등 관계에 있었고, 자신의 편익에 따라 지구를 쓸어 버리려고 하는 야심 있는 악당이었습니다. 하지만 『토르: 라그나로크』를 거치며 형과의 관계를 회복하고 오랫동안 자신을 괴롭혀 온 콤플렉스에서 어느 정도 해방되어 『어벤져스: 엔드게임』에서는 형과 어벤져스 편에 서서 타노스를 공격하게 됩니다.

『피식대학』의 「05학번 이즈 백」에서 민수는 용남·

재혁·정구 형에게 매번 무시당하는 서열 꼴찌였습니다. 그러나 20년 뒤로 점프한 평행 세계 「05학번 이즈 히어」에서 민수는 잘나가는 코미디언이 되어 용남·재혁·정구에게 셀럽으로 대접받습니다. 용남·재혁·정구의 관계도 조금씩 달라졌고요.

인물들 외에 주요 설정 간 연관성 정리도 필요합니다. 주요 공간이 있다면 그 공간을 주로 사용하는 인물은 누구인지, 공간의 규칙은 누구에게까지 영향을 미치는지, 중요 개념과 설정이 세계관 내에서 어떤 식으로 연결되는지 등 말입니다.

MCU 페이즈4의 첫 번째 작품이자 디즈니 플러스 오리지널 시리즈 『완다비전』은 MCU 세계관을 유려하게 확장한 기념비적인 드라마입니다. 첫 화부터 차례로 1950년대에서 2010년대에 이르는 시트콤을 패러디한 형식으로 전개되는데요. 아무런 정보 없이 보던 저는 MCU에서 새로운 형식 실험을 하는 시트콤을 만들었다고 생각했으나, 알고 보니 이 무대는 모종의 일 때문에 큰 트라우마를 입은 완다가 만들어 낸 가상 세계 '헥스'였습니다. 완다가 현실 조작 능력을 극도로 발휘해서 한 마을을 통째로 완다의 환상(비전)으로 운영하고 있었던 셈이죠. 어찌 보면 제목이 스포일러였는데, 완다의 파트너 '비전'이란 캐릭터가 있어서 깜빡 속고 말았네요. 현실을 '시트콤'으로 조작한 이유는 완다가 어린 시절 유일하게 행복했던 순간이 시트콤을 보던 때와 관련 있기 때문입니다. 이런저런 비극적인 일을 겪은 완다는 거의 무의식적인 생존 본능으로 웨스트뷰 마을에서 비전과 아이들을 만들어 행복한 결혼 생활을 조작하는데요. 이후 마녀인 애거사 하크니스를 만나 다시 현실에 눈뜨고 마법서인 '다크홀드'의 예언대로 대마법사 '스칼렛 위치'로 거듭나게 됩니다.

완다가 만들어 낸 고밀도 마이크로파 복사선과 주파수로 둘러싸인 육각형 가상공간 '헥스'엔 완다의 표면적 행복 그리고 감춰진 비극이 공존합니다. 이 공간에서 완다는 비전이나 아이들과 함께 행복할 수 있지만, 헥스 외각으로 갈수록 사람들이 제대로 작동하지 않습니다. 헥스 중앙에 사는 주민들도 잠깐씩 정신이 들 때는 매우 고통스럽고 우울한 나날을 보내고 있죠. 결국 헥스는 마치 비전처럼 완다가 또 한 번 자신의 손으로 파괴할 수밖에 없는 대상입니다. 그 밖에 스칼렛 위치의 예언서이자 흑마법서인 '다크홀드', 완다를 스칼렛 위치로 거듭나게 하는 자극제이자 재료가 되는 애거사, 완다에겐 찰나의 행복이자 도피처인 '시트콤' 등이 하나의 세계 속에서 서로 긴밀하게 연결되고 확장됨으로써 『완다비전』의 세계는 더욱 탄탄해집니다. 과연 이 세계에서 탄생한 스칼렛 위치가 향후 MCU 세계관과 어떤 식으로 또 연결될지 관객들은 궁금증을 갖고 지켜보겠죠.

{ 8 }
세계관을 구축할 때 주의할 점

세계를 정확히 인지하기

너무 당연한 이야기인가요? 하지만 그렇기에 다시 한 번 강조해야 하는 지점이기도 합니다. 의외로 많은 콘텐츠 세계관에서 창작자들이 미처 생각지 못한 부분이 고스란히 드러날 때가 있거든요. 물론 애초에 세계관을 만들 때 콘텐츠의 종류와 전략에 따라 수용자들의 적극적인 참여를 독려하기 위해 어떤 부분을 일부러 비워 두는 경우도 있습니다. 하지만 그런 특별한 이유가 있는 것이 아니라면 세계관을 창작하는 사람들은 자신이 만드는 이 세계에서 중요한 요소가 무엇인지, 그 요소의 특성이 어디까지 고려돼야 하는지 정확히 인지하고 있어야 합니다. 이 얘기는 창작자가 한 세계에 대해 모든 것을 다 상세하게 알고 있어야 한다는 뜻은 아닙니다. 단, 세계의 주축이 되는 인물, 시공간, 톤 앤드 무드, 설정 및 규칙만큼은 작가가 장악하고 있어야 한다는 것이죠. 그렇지 않으면 세계관 내에서 내적 충돌이 일어나거나 이야기의 흐름에 따라 요소들의 특성이 시시때때로 편의적으로 변할 수 있습니다.

예컨대 폐쇄적인 공동체를 이루고 있는 마을에서 수십 년간 사람들이 실종되는 이야기를 만든다고 칩시다. 사람들이 실종되는 이유는 마을 외진 곳의 호수에 외계와 연결된 포털이 있어서, 그곳을 통해 외계인이 사람들을 데려가기 때문이고요. 고립된 마을이라는 신비로운 배경과 수십 년간 사람들이 실종되는 미스터리, 그 원인이 알고 보니 외계인이었다는 장르적 반전이 있는 이야기입니다. 제목은 가칭으로 '실종자'라고 할게요. 이제 이 이야기의 세계관을 구축하기 위해 주요 요소의 속성을 정립해야 합니다.

사람들이 수십 년간 실종되고 있지만, 아직 큰 문제가 일어나지 않은 이 마을은 폐쇄적인 공동체답게 이곳만의 특징이 있을 것입니다. 종교적 공동체일 수도 있고, 핏줄로 연결되었다거나 오랜 세월 이어져 내려온 이익집단일 수 있죠. 이런 설정을 하지 않고 '다른 이웃들과 교류하지 않는 폐쇄적인 공동체지만, 그냥 어쩌다 보니 그렇게 됐어요, 특별한 특징은 없어요'라고 하면 안 됩니다. 특별한 특징이 없다면, 수십 년간 폐쇄적 공동체로 남아 있기도 어렵거니와, 실종 사건이 그렇게 일어나는데 사람들이 쉬쉬하고 있을 리도 없겠죠. 이렇듯 꼭 들어가야 하는 요소에 대한 정확한 인지가 없을 경우엔 세계에 내적 모순이 생겨 이 세계가 '가짜'로 느껴집니다.

여기서 우리는 마을 사람들을 데리고 가는 외계인은 어떤 모습인지, 생활 방식과 지적 수준은 어느 정도인지, 과학 발달 수준은 어떠한지, 왜 사람들을 데려가는 것인지, 이 마을 호수를 포털로 삼은 이유는 무엇인지, 인간에게 적대적인지 우호적인지 등 외계인 사회의 특성을 정해야 합니다. 아울러 이런 일이 일어나는 세계가 전반적으로 어떤 분위기로 돌아가고 있는지도 설정할 필요가 있고요.

이 세계의 특성을 충분히 마련하지 않고 이야기를 진행하면 작품을 보는 관객과 독자는 수많은 의문에 빠지게 됩니다. 이야기의 빈틈을 메우려고 하는 것이 이야기를 접하는 사람의 자연스러운 두뇌 활동인데, 이때 이 빈틈을 메울 수 있게 해 주는 것이 세계관의 디테일이죠. 만약 외계인에게 인간과 다른 어떤 능력이 있다면 그것으로 긴장을 조성할 수 있을 겁니다. 아마도 외계인은 그 능력을 사용해 사람들을 납치했을 수 있고, 어쩌면 납치는 과정일 뿐 이 과정을 통해 향후 어떤 결과를 준비하고 있을 수도 있습니다.

이 외계인 세계관을 어느 정도까지 상세하게 설정하느냐도 작품의 방향을 좌우합니다. 과학적 정합성을 엄밀하게 따져 외계인의 세계관을 구축할 수도 있고 그보다 느슨한 체계로 세계를 만들 수도 있습니다. 촘촘하고 논리적인 세계 설정 속에서 수용자들이 마치 현실처럼 세계를 느끼며 사건에 빠져들기를 원한다면 과학적으로 엄정한 세계 설계가 적합할 것입니다. 이와 반대로 설정의 여백을 통해 수용자들이 좀 더 상상력을 발휘하여 환상적인 세계에 가닿길 바란다면 세계를 느슨하게 설계할 수 있겠죠. 해당 작품을 수용자들이 어떤 방식으로 이해했으면 좋겠는지를 창작자가 미리 생각해 두어야 그 세계관에 꼭 필요한 설정을 정확히 인지하고 준비할 수 있습니다.

세계 설정에 빠져 이야기를 등한시하지 않기

세계관을 만드는 이유는 결국 이야기를 더 재미있게, 더 그럴싸하게 만들기 위함입니다. 이야기의 생명력을 보다 길게 가져가려는 목적이에요. 그런데 세계관을 만들다 보면 주객이 전도될 때가 있습니다. 세계관 설계에 과도하게 몰두하는 경우가 그렇죠.

앞서 예시를 든 '실종자'의 세계관을 만들 때를 상상해 봅시다. 이 마을은 1950년대 한국전쟁이 끝나고 살아남은 사람들이 모여 만든 공동체인데, 무당이 신정일치를 하는 마을인 거죠. 그런데 세계관을 만들다 보니 이 폐쇄적인 마을의 역사에 꽂힙니다. 그래서 이 무당과 마을 사람들의 가계도를 파고, 일제강점기, 경술국치까지 막 거슬러 올라갑니다. 물론 필요에 따라서 극에 나오지 않는 히스토리를 설정하는 것은 필요합니다. 그런데 그 설정을 하는 이유는 극 중 사건에 필요하기 때문이죠. 외계인 세력에 대한 설정도 마찬가지입니다. 이 외계인의 특성을 마련하기 위해선 외계인 종족의 배경이 필요하지만, 5000만 년 전 그들이 우주에 등장하던 때부터 현재까지의 역사를 꼼꼼하게 만들 것까진 없다는 뜻입니다.

이 이야기의 주요 사건은 외계인이 마을 사람들을 납치하는 것입니다. 그것도 수십 년에 걸쳐서요. 그렇다면 납치하는 이유는 무엇인지, 정말로 이들을 외계인이 다 납치한 건지 등 사건에 결부된 수수께끼를 푸는 것이 이 이야기의 주요 목표입니다. 거기까지 다다르기 위해 외계인의 목적 그리고 그 목적을 이루기 위한 요소인 능력, 한계, 윤리관, 지구와 인류에 대한 관점 등은 당연히 만들어야겠죠. 하지만 이 목표와 상관없는 설정(가령 이 종족의 결혼 문화랄지, 정치제도랄지, 포털 내부 물질이 무엇으로 되어 있는지 등)은 공들여 만들지 않아도 됩니다. 사건과 관련이 없는 설정이 주어질 경우 수용자는 그 내용을 세계관을 구성하는 유의미한 정보가 아닌, 이야기라는 집의 어느 부분에 끼워 넣어야 할지 모를 잉여 자재 또는 노이즈로 여기게 됩니다.

반드시 주인공에게 영향을 미칠 것

'실종자'의 주인공 이야기를 하지 않았군요. 제 느낌에 '실종자'의 주인공은 아마도 둘 중 하나일 것 같습니다. 이 마을에서 태어나고 자란 고등학생이거나, 이 마을 근처 파출소에 새로 부임한 파출소장이요. 전자는 이 마을 출신이지만, 아직 미성년자라 마을의 비밀이나 숨은 규칙은 알 수 없죠. 그런데 이제 막 고등학생이 되었기 때문에 세상 밖에 대한 호기심도 생기고 그에 따른 적극적인 행동도 할 수 있는 위치입니다. 물론 미성년자이기에 제약도 많겠죠. 후자는 외부인인 만큼 관객과 같은 눈높이에서 이 마을을 관찰하고 파헤칠 수 있는 입장이고요. 저라면 주인공을 마을 출신 고등학생으로 삼을 것 같아요. 파출소장은 주인공의 조력자로 쓸 수도 있겠습니다. 외계인의 비밀도 비밀이지만, 마을에도 뭔가 비밀이 있는 세계관이기 때문에 주인공이 이 세계관에 보다 직접적으로 영향을 받을 수 있는 위치가 좋을 것 같거든요.

이야기란, 로버트 맥기가 『Story: 시나리오 어떻게 쓸 것인가』에서 말했듯 결국 주인공이 무언가를 위해 죽도록 노력하는 과정입니다. 이야기가 진행되는 단계별로 그에 맞는 시련과 위기, 성취를 겪는 주인공을 보며 우리는 그 인물에게 감정 이입해서 이야기를 따라가게 되죠. 이야기 속에서 일어나는 모든 일은 전부 주인공을 결말까지 데려가기 위해 짜인 일입니다. 왜냐하면 실제 현실과 달리, 이야기에는 진짜 (소수의) 주인공이 있거든요. 세계관 역시 마찬가지입니다. 세계관은 주인공에게 확실히 영향을 미쳐야 해요. 주객이 바뀌면 안

됩니다. 세계관을 짜는 데 몰두하느라 주인공과 그 세계의 관계를 팽개치면 안 돼요.

우리는 세계와 주인공의 관계를 계속 염두에 두며 세계관을 만들어야 합니다. 자신이 속한 공동체를 믿고 순수하게 살아온 주인공이 성년 직전의 나이가 되어 마을의 이상한 점을 눈치챈다고 칩시다. 이 말은 곧 우리가 마을에 대한 세계관을 다 만들었을 때, 그 마을의 규칙에 균열을 낼 수 있는 캐릭터가 바로 주인공이라는 얘기죠. 주인공은 어떤 극적인 순간을 계기로 규칙을 알아차리고 거기에 의문을 품으면서, 그간 머물던 곳을 이탈해 모험을 떠납니다.

그래서 세계관을 만들 때는 캐릭터 특히 주인공을 소외시키면 안 됩니다. 이야기의 설정과 역사·문화·경제·규칙 등등을 다 만들어 놓고 정작 캐릭터가 움직일 만한 이야기가 나오지 않는다면, 세계관을 다시 점검할 필요가 있습니다. 있어야 할 것은 없고, 없어도 될 것만 가득한 세계관은 아닌지 점검해 보세요.

다시 '실종자'로 돌아가 볼까요? 십 대 청소년 주인공의 절친한 친구가 사라진다면, 이 주인공은 크게 동요할 것입니다. 청소년 시절 단짝 친구는 가족보다도 중요한 사람이니까요. 그런데 이 마을에선 모종의 이유로 그

동안 사라진 사람들이 마치 자발적으로 마을을 떠난 것처럼 거짓말을 하고 있었습니다. 여태껏 주인공도 그렇게 믿고 있었고요. 그런데 친구가 사라졌기 때문에 주인공은 비로소 진실을 알게 됩니다. 평소 속마음을 터놓던 단짝 친구가 갑자기 마을을 떠날 리 없다는 걸 누구보다 잘 알고 있으니까요. 하지만 마을 사람들, 심지어 친구 부모님조차도 그 애가 실종된 게 아니라고 주장하는데요. 주인공은 점점 이상한 애 취급을 받지만 친구의 실종, 더 나아가 마을 전체의 실종 사건을 파헤치면서 수십 년간 이 마을의 근간을 이루던 충격적인 규칙과 비밀을 알게 됩니다. 그건 바로…….

아직 다음은 생각하지 못했네요. 그래도 이제 저 규칙과 비밀을 아는 순간 주인공의 운명이 격렬하게 요동칠 거라는 사실은 아시겠죠.

III

세계관, 어떻게 활용할까

{ 9 }

슈퍼 IP의 세계

2부에서 살펴본 항목을 고려해 열심히 세계관을 만들었다면, 이제 세계관을 활용할 차례입니다. 이 세계관이 가급적 오래도록 생명력을 유지할 수 있도록 고민하면서요. 1부 2장 「세계관은 왜 필요할까」에서 밝혔듯 탄탄한 세계관은 사람들을 그 세계에 깊이 몰입시키고, 그 뜨거운 에너지로 이야기를 확장하게끔 하는 어마어마한 동력이 됩니다. 이때 '이야기'의 확장이란 원천 이야기와 동일한 매체, 동일한 포맷을 통한 단선적인 확장만을 뜻하는 것이 아닙니다. 시간이 지나도 오랫동안 이야기가 이어져 세계관이 확장되는 것은 물론 중요하지만, 다른 매체와 다른 산업으로도 횡적 확장이 가능할 때 IP

비즈니스는 폭발적으로 성장할 수 있습니다. 이런 종횡의 확장이 가능한 IP를 '슈퍼 IP'라고 부르죠.

하나의 세계관으로 이야기가 이어지는 것만으로도 대단한 일인데, 다양한 장르와 매체로 모양이 바뀔 수 있는 IP의 힘은 정말 대단합니다. 그 원천 IP의 유니버스에 속하는 콘텐츠가 나올 때마다 원천 IP는 또다시 주목받게 되는 순환 구조가 일어나고요.

2020년대에 들어선 이후 몇 년간은 연애 리얼리티 프로그램의 춘추전국시대였습니다. 이 중 저는 『좋아하면 울리는 짝! 짝! 짝!』을 매우 인상 깊게 보았는데요. 일반적인 한국 연애 리얼리티 프로그램과는 다르게, 성별과 관계없이 좋아하는 마음을 표현할 수 있다는 점이 꽤 신선했습니다. 이 점 말고도 다른 프로그램과 차별화되는 이 프로그램만의 특이한 매력이 또 있었는데요. 바로 2014년부터 2022년까지 카카오웹툰에서 연재된 천계영 작가의 『좋아하면 울리는』을 원천 IP 삼아 '좋알람' 세계관을 활용해 만들어진 예능이라는 점입니다.

웹툰 『좋아하면 울리는』에는 한번 들으면 잊기 어려운 인상적인 세계관 설정이 있습니다. '좋알람'은 극중 주요한 설정으로 나오는 애플리케이션 이름이에요. 주인공 조조가 고등학교 2학년일 때 처음 나온 이 앱은 반경 10미터 이내에 자신을 좋아하는 사람이 들어오면 알람을 울립니다. 알람은 익명으로 표시되기 때문에 만약 여러 명이 내 반경 안에 있으면 나를 좋아하는 사람이 누구인지 확실히 알 수 없죠.

이 인상적인 설정을 주축으로 『좋아하면 울리는』에서는 등장인물들이 서로 사랑하고 갈등하고 오해하는 여러 사건이 펼쳐집니다. 웹툰을 원작으로 한 넷플릭스 오리지널 드라마도 제작되었어요. 2019년 시즌1, 2021년 시즌2까지 방영되었죠. 여기까지는 잘나가는 웹툰이라면 흔히 보일 수 있는 2차 사업화 수순이었습니다. 웹툰이 흥해서 드라마나 영화로 만들어지는 케이스는 이제 제법 많으니까요. 그런데 웹툰 IP를 바탕으로 한 예능 프로그램은 『좋아하면 울리는 짝! 짝! 짝!』이 처음이었습니다.

『좋아하면 울리는』은 여기에서 그치지 않고, 여러 포맷의 사업으로 확장되고 있습니다. 웹툰 작가들에겐 작업 공간을, 작가 지망생들에겐 강의를 제공하는 '웹툰 카페'가 오픈됐고, '좋알람' 앱 서비스와 사용자가 직접 등장인물을 디자인할 수 있는 '좋알람' 게임 솔루션도 개발되었어요. 그 밖에 웹툰, 웹소설 작가 다섯 명과 함께 '좋알람' 세계관을 확장하는 콘텐츠도 진행됐는데요.

2022년 12월 카카오페이지와 카카오웹툰에서 동시 공개된 세 편의 웹툰과 두 편의 웹소설은 『좋아하면 울리는』과 같은 장르인 로맨스뿐만 아니라 드라마, 좀비물 등 다양한 장르로 만들어졌습니다. 이 작품들이 공유하는 세계관은 '좋알람' 앱에 관한 설정으로 동일하고요.

2022년 천계영 작가가 '웹툰 카페'에서 강연한 뒤 포스타입에서 내용을 다듬고 정리해 발행한 자료에 따르면, 천계영 작가는 이러한 IP 사업을 직접 진행하기 위해 '㈜러브알람'이라는 회사를 설립하고 사업화권을 모두 컨트롤하고 있다고 합니다. 한 개의 IP로 다양한 시도를 한다는 것, 그 책임을 온전히 진다는 것이 어찌 보면 꽤 부담스럽고 어려운 일일 수 있겠으나, 천계영 작가는 이쪽이 적성에 맞고 재미있는 일이라고 하네요. 실험하고 도전해 보고 싶던 마음도 컸다고 하고요.●

『좋아하면 울리는』의 사례처럼, 슈퍼 IP에 대한 엔터테인먼트 업계의 관심은 지대합니다. 예전 작품들이 장시간 굳건한 인기를 얻은 뒤에야 시리즈 또는 굿즈로 이어졌던 것에 비해, 요즘 내로라하는 엔터테인먼트 기업들은 IP 기획 초기부터 슈퍼 IP를 염두에 두고 개발에 들어갈 때가 많습니다. 그 슈퍼 IP 개발에서 중요하게 강

● 천계영, 「〈특강〉 좋아하면 울리는: 기획에서 IP사업까지」 2022.08.24, 접속일 2023.04.10, https://kyeyoungchon.postype.com/post/12953628.

조되는 것이 '세계관'이고요.

하나의 IP가 동일한 세계관을 바탕으로 포맷과 매체를 망라해 뻗어 나간다는 건 매우 도전적이면서도 가슴 설레는 일이 아닐 수 없을 것입니다. 이야기가 처음 만들어질 때는 그 이야기가 얼마나 사랑받을지, 어느 정도로 확장될 수 있을지, 얼마나 오랜 기간 살아남을지 예측하기 어렵잖아요.

잘 만든 세계관은 사람들에게 상상할 여지를 남깁니다. 그래서 계속 생각이 나는 거죠. 이 세계관을 다른 곳에 적용해 보면 어떨까? 이 세계관으로 전혀 다른 형태의 콘텐츠를 만들 순 없을까? 어떻게 하면 이 세계관이 잊히지 않을 수 있을까?

어떤 작품과 그 작품의 세계관을 사랑하는 사람들은 이야기가 계속되길 바랍니다. 그것이 꼭 내가 접한 포맷으로 되어 있지 않더라도 말이에요. 때때로 슈퍼 IP라는 것은 엔터테인먼트 업계에서 끊임없이 황금 알을 낳는 거위처럼 부풀려질 때도 있는데요. 콘텐츠 팬 입장에서 보면 그건 결과론적인 이야기일 뿐입니다.

사람들이 압도적으로 사랑하는 이야기, 그 이야기의 근간을 이루는 세계관이 있다면, 누구나 영원히 즐기고 싶지 않겠어요? 그래서 오늘도 엔터테인먼트 업계는

'세계관'으로 무한한 가능성을 시험하고자 노력하고 있습니다.

{ 10 }
사랑과 팬덤의 세계

결국 '사랑'에 대한 이야기를 하지 않을 수 없습니다. 우리가 콘텐츠 창작자든 소비자든 아니면 그 둘 다이든, 이렇게 세계관과 스토리텔링에 관심을 두고 그것을 알고 싶어 하는 궁극적인 이유가 무엇인지에 대해서 말입니다.

어떠한 이야기에 빠져들어 그 세계를 상상하고 곱씹는 한편, 그 이야기가 더 확장해 나가는 모습을 보고 싶어 한다는 건 결국 그 이야기, 그 세계와 사랑에 빠진 것이라고 말할 수 있겠죠.

전 아마존 스튜디오 글로벌 전략 책임자이자 실리콘밸리 벤처 캐피털리스트인 매튜 볼은 2021년 자신의 블로그에서 '엔터테인먼트 산업의 본질 세 가지'에 대해 이야기한 바 있는데요. 그는 디즈니의 콘텐츠를 예시로 들며 첫째로 스토리를 만들고 전달하는 것, 둘째로 그 스토리를 사랑하게 하는 것, 셋째로 그 사랑을 수익화하는 것이 현재 엔터테인먼트 산업의 본질이라고 설명하고 있습니다.●

엔터테인먼트 산업에서 사랑 곧 팬덤을 만드는 일은 왜 중요할까요?

한번 만들어진 서사 콘텐츠는 각 매체에 따라 다양한 유통 경로로 세상에 나아가게 됩니다. 만화라면 종이책 혹은 웹툰의 형태로, 영화라면 극장 혹은 OTT 플랫폼에서 만날 수 있겠죠. 소설이라면 책의 꼴을 갖추고 온라인, 오프라인 매장에서 판매될 것이고요. 이렇게 만들어진 콘텐츠는 사람들의 선택을 받게 되는데요. 콘텐츠를 만드는 사람들은 다음 상품이 나오기 전까지 이 선택이 오랜 시간 가급적 반복해서 이어질 수 있기를 바랍니다. 이야기와 사랑에 빠진 사람들은 그 바람대로 기꺼이 반복해 콘텐츠를 소비할 테고요. 그런데 이 반복 선택에서 또 하나 중요한 점은, 팬들이 자기가 사랑하는 콘텐츠를 위해 기꺼이 홍보에 뛰어든다는 점입니다. 그

● 「2021년, 엔터테인먼트 업의 본질은 무엇일까요?」, 『이바닥늬우스』 2021.09.27, 접속일 2023.03.19, https://ebadak.news/2021/09/27/what-is-an-entertainment-company.

것도 제법 효과적인 방법으로요.

케이팝 그룹의 수많은 팬, EBS의 슈퍼 콘텐츠 '펭수'의 팬클럽인 '펭클럽', 2023년 국내 영화 개봉으로 다시 한번 불붙은 『슬램덩크』 팬덤 등 장르와 매체를 망라해 콘텐츠를 깊이 사랑하는 사람들은 자신이 사랑하는 콘텐츠에 대해 말하기를 멈추지 않습니다. 그 뜨거운 사랑이 직접 2차 소비로 연결되기도 하고 2차 창작으로 발현하기도 하며, 그 과정에서 새로운 팬들이 유입되고 콘텐츠를 사랑하는 사람들끼리, 또 그 사람들과 콘텐츠 간에 강한 결속이 이루어집니다.

이러한 팬덤을 형성하는 데 '세계관'이라는 요소는 꽤 효율적인 역할을 합니다. 1부 1장 「세계관이 뭐길래」에서 이야기했던 우리 뇌의 특성(전혀 상관이 없는 개별 요소들도 서로 연결시키고 그 인과관계를 찾으려 한다는 점)은 2부에서 설명한 세계관을 만드는 요소들(인물, 시공간, 톤 앤드 무드, 설정)과 만났을 때 폭발적인 효과를 내거든요.

케이팝 산업은 인간의 뇌가 '서로 무관해 보이는' 개별 요소들을 연결 지을 때 오히려 더 몰입하고 재미를 느낀다는 점을 굉장히 잘 활용합니다. 예컨대 하이브는 BTS 세계관을 처음부터 통째로 친절히 설명하지 않고,

특정 요소들을 부분마다 분절하여 팬들에게 노출했습니다.

이를테면 이런 식입니다. BTS 공식 트위터에 어느 날 갑자기 'Smeraldo'(스메랄도)라는 낯선 단어와 함께 푸른색 꽃을 든 석진이 업로드됩니다. 저 같은 머글이야 그냥 보고 지나가겠지만, 팬들은 그냥 넘어갈 수 없습니다. 인터넷에서 검색을 하겠죠. 그러자 'Flower Smeraldo'라는 이름의 블로그가 발견됩니다. 블로그 주인장은 꽃집 주인인데 알고 보니 꽃집 오픈일과 BTS의 컴백 시점이 일치하는 것 아니겠습니까? 그리고 이 블로그의 글과 BTS 앨범의 가사, 노트에 적힌 내용, 뮤직비디오 화면에서 자꾸 'Smeraldo'를 비롯해 꽃집, 블로그 주인, 컴백을 알리는 특정 날짜 등 공통적인 키워드와 설정이 등장하는 거죠. 이렇게 떡밥이 뿌려지면 그 빈틈을 메워 가며 거대한 세계관을 함께 완성하는 건 팬들의 몫입니다. 이 세계관은 앨범과 가상 콘텐츠뿐 아니라 유니세프 캠페인의 일환으로 진행된 유엔 연설, 현실 세계까지 이어지고, 팬들은 그 흐름을 놓치지 않죠.

이렇듯 하이브는 'Smeraldo'의 경우처럼, 애초에 BTS 세계관을 전부 짜 놓고 제시하는 것이 아니라 그 일부만을 불친절하게 던져 줍니다. 하지만 그것은 미완성의 세계관으로 그치지 않고 오히려 팬덤의 구심점으로 작용합니다.

팬들의 사랑, 팬덤을 얻게 된 콘텐츠는 굉장히 강력한 힘을 발휘합니다. 잘 만든 세계관으로 이룰 수 있는 '확장성' 있는 콘텐츠는 미래에 나올 '신작'에 국한되지 않습니다. 팬들은 세계관을 이해하고 곱씹기 위해, 기꺼이 '구작'을 구매합니다. BTS의 구작 판매량은 BTS 세계관의 떡밥이 뿌려진 2017년 이후부터 가파르게 증가했습니다.● 마치 마블 팬들이 마블 영화를 볼 때 횡으로 확장하는 여러 캐릭터를 확인하려고 드라마 시리즈를 챙겨 보면서 확장하는 세계관을 업데이트하는 것은 물론, 틈틈이 구작들을 복습해 가며 놓친 캐릭터와 설정은 없는지 찾아보듯이요.

국내에서 2023년 1월에 개봉한 애니메이션 『슬램덩크: 더 퍼스트』가 이와 비슷하게 원작 역주행의 길을 걸었습니다. 『슬램덩크: 더 퍼스트』의 원작 만화 『슬램덩크』는 일본의 『주간 소년 점프』에서 1990년 연재를 시작했고, 1992년 『소년 챔프』를 통해 국내에 소개되었는데요. 연재 당시에도 인기가 대단했던 데다, 주인공 강백호는 잘 만든 '단순 열혈 성장 캐(릭터)'의 상징으로 연재 30년이 지난 지금도 서사 콘텐츠의 캐릭터 레

● 이기훈, 「빅히트엔터테인먼트(35820)」, Equity Research, 하나금융증권, 2020.09.16, 24쪽.

퍼런스로 꼭 호명되는 인물이죠. 이렇게 오랜 세월이 흘러 원작자 이노우에 다케히코가 직접 연출에 참여한 애니메이션이 개봉하자, 영화가 흥행한 건 물론이고 원작 만화책, 영화 메이킹 북의 판매량도 그야말로 폭발적으로 증가했습니다. 2023년 2월 14일 기준, 『슬램덩크』 신장재편판은 100만 부를 돌파했는데요. 10만 부가 넘으면 히트작이 되는 만화책 시장의 현실을 감안하면 어마어마한 성공이죠. 게다가 독자층도 더불어 확장되었습니다. 영화 개봉 전인 2022년까지만 해도 『슬램덩크』 주요 독자층은 삼사십 대 남성이었어요. 그런데 영화 개봉 후 이삼십 대 여성이 독자층의 43.9퍼센트를 기록해, 개봉 전 10.3퍼센트보다 무려 30퍼센트 넘게 증가했습니다.● 영화 개봉에 맞춰 나온 굿즈는 완판 행렬이었고요. 원고를 쓰는 시점인 5월 현재까지도 상영을 이어가며 롱런 중인데, 이 열기가 언제까지 지속될지 내심 궁금합니다.

『슬램덩크: 더 퍼스트』의 경우 각 캐릭터의 매력 덕분에 팬들의 2차 창작도 굉장히 활발하게 일어나고, 다회차 관람도 많았습니다. 팬들은 원작에는 없으면서 애니메이션에서 추가된 서사에 주목하여 다시 원작을 살

● 「[사라지는 만화방 ①] '슬램덩크'가 이끈 만화책 붐… 만화방에도 '훈풍' 불까」, 『데일리안』 2023.02.24, 접속일 2023.04.10, https://www.dailian.co.kr/news/view/1205352/?sc=Naver.

펴보고는, 당시 원작에 나와 있지 않았던 애니메이션의 이야기를 덧입혀 서사를 재구성하곤 합니다.

팬들의 사랑을 얻은 콘텐츠는 매튜 볼이 말한 '엔터테인먼트 산업의 핵심 세 가지' 가운데 마지막 단계인 수익으로 이어집니다. 이것을 팬들 입장에서 말해 보자면 내가 사랑하는 콘텐츠의 수명이 연장되는 일인 것이죠. 사람들이 사랑에 빠져서 계속 그것에 대해 말하고 싶어지는 콘텐츠를 만든다는 것은 그 콘텐츠에 생명을 불어넣는다는 뜻입니다. 그렇게 창작자도 향유자도 자신이 좋아하는 콘텐츠를 더 오래, 더 깊이 사랑하는 일에 '세계관'은 더할 나위 없이 좋은 도구가 되어 줄 것입니다.

+

책에서 언급된 다양한 작품들

책

소설

『그날 그곳에서』, 이경희 지음, 안전가옥

『기이현상청 사건일지』, 이산화 지음, 안전가옥

『나를 보내지 마』, 가즈오 이시구로 지음, 민음사

『대스타』, 「X Cred/t」, 이경희 지음, 안전가옥

『망각하는 자에게 축복을』, 민지형 지음, 안전가옥

『모래도시 속 인형들』, 이경희 지음, 안전가옥

『바람과 함께 사라지다』, 마거릿 미첼 지음

『반지의 제왕』, 존 로날드 로웰 톨킨 지음

『밤에 찾아오는 구원자』, 천선란 지음, 안전가옥
『세련되게 해결해 드립니다, 백조세탁소』, 이재인 지음,
안전가옥
'수키 스택하우스' 시리즈, 샬레인 해리스 지음, 열린책들
『슈퍼 마이너리티 히어로』, 「캡틴 그랜마, 오미자」,
범유진 지음, 안전가옥
『스칼렛』, 알렉산드라 리플리 지음
『신비한 동물 사전』, J.K. 롤링 지음
『아홉수 가위』, 「아주 작은 날갯짓을 너에게 줄게」,
범유진 지음, 안전가옥
『얼음과 불의 노래』, 조지 R.R. 마틴 지음, 은행나무
『오즈의 마법사』, 라이먼 프랭크 바움 지음
『온난한 날들』, 윤이안 지음, 안전가옥
『잘 먹고 잘 싸운다, 캡틴 허니 번』, 김여울 지음, 안전가옥
『재와 물거품』, 김청귤 지음, 안전가옥
『퀴디치의 역사』, 케닐워디 위스프 지음, 문학수첩 리틀북
'트와일라잇' 시리즈, 스테프니 메이어 지음, 북폴리오
『테세우스의 배』, 이경희 지음, 그래비티북스
『퇴마록』, 이우혁 지음, 엘릭시르
『시녀 이야기』, 마거릿 애트우드 지음, 황금가지
'헝거 게임' 시리즈, 수잔 콜린스 지음, 북폴리오

'해리 포터' 시리즈 J.K. 롤링, 문학수첩

『호빗』, 존 로날드 로웰 톨킨 지음

논픽션

『사피엔스』, 유발 하라리 지음, 김영사

『판타지 팬과 작가를 위한 세계설정』, M.D. 프레슬리 지음

『Story: 시나리오 어떻게 쓸 것인가』, 로버트 맥키 지음, 민음인

웹소설

『데뷔 못하면 죽는 병 걸림』, 진도준, 백덕수 지음

『악녀는 두 번 산다』, 한민트 지음

『재벌집 막내아들』, 산경 지음

예능

『놀면 뭐하니?』

『대탈출』

『무한도전』, 「무한상사」

『여고추리반』

『좋아하면 울리는 짝! 짝! 짝!』

애니메이션

『약속의 네버랜드』

『왓 이프…?』

『신비한 바다의 나디아』

『스팀보이』

만화

『도박묵시록 카이지』

『슬램덩크』

'시빌 워' 시리즈

『테일즈 오브 서스펜스 #39』

웹툰

『신과 함께』

『좋아하면 울리는』

유튜브

『피식대학』

『좋아서 하는 채널』

드라마

『갯마을 차차차』

『굿 플레이스』

『더 보이즈』

『동백꽃 필 무렵』

『블레이드』

『빈센조』

『세브란스: 단절』

『스토브리그』

『오징어 게임』

『옷소매 붉은 끝동』

『완다비전』

『왕좌의 게임』

'응답하라' 시리즈

『이상한 변호사 우영우』

『재벌집 막내아들』

『플래시』

『환혼』

『V - 워』

『X - 파일』

영화

『300』

'가디언즈 오브 갤럭시' 시리즈

『다크 나이트』

『다크 나이트 라이즈』

『맨 인 블랙』

『바람과 함께 사라지다』

'배트맨' 시리즈

『배트맨 비긴즈』

『백 투 더 퓨처』

『백 투 더 퓨처2』

'스파이더 맨' 시리즈

『스파이더 맨: 노웨이 홈』

『슬램덩크: 더 퍼스트』

『신비한 동물 사전』

『아바타』

『아이언맨』

'아이언맨' 시리즈

'어벤져스' 시리즈

『어벤져스: 엔드게임』

『인디아나 존스』

『인턴』

『캡틴 아메리카: 시빌 워』

『토르: 라그나로크』

『하워드 덕』

『E.T.』

게임

『리니지』

『포트나이트』

『호그와트 레거시』

세계관 만드는 법
: 콘텐츠를 더 오래, 깊이 즐기기 위하여

2023년 7월 14일 초판 1쇄 발행
2024년 12월 4일 초판 3쇄 발행

지은이
이지향

펴낸이
조성웅

펴낸곳
도서출판 유유

등록
제406-2010-000032호(2010년 4월 2일)

주소
경기도 파주시 돌곶이길 180-38, 2층 (우편번호 10881)

전화
070-7731-2949

팩스
0303-3444-4645

홈페이지
uupress.co.kr

전자우편
uupress@gmail.com

페이스북
facebook.com/uupress

트위터
twitter.com/uu_press

인스타그램
instagram.com/uupress

편집
김은우, 김유경

디자인
이기준

조판
한향림

마케팅
전민영

제작
제이오

인쇄
(주)민언프린텍

제책
다온바인텍

물류
책과일터

ISBN 979-11-6770-065-0 03800
979-11-85152-36-3 (세트)